W9-BRM-759

UNE JEUNE FILLE

Dans le train reliant Leningrad à Paris, le regard de Luca, scénariste parisien, est soudain attiré par le profil d'une femme. Ce n'est presque rien. Le simple geste d'une passagère assise à quelques places de lui : une paume qui se porte vers la nuque, un bras qui enferme le visage dans une étreinte douloureuse. Mais ce mouvement lui est plus proche qu'aucun autre. Anna avait ce même geste, autrefois, pour exprimer sa lassitude et sa tendresse. Elle venait d'Union Soviétique. Luca connut avec elle son premier vrai amour.

A l'époque, les bistrots de l'Ile-de-France étaient chauffés par de gros poêles à charbon. Les amoureux trouvaient refuge dans des cafés où *Mister Tambourine Man*, la chanson de Bob Dylan, résonnait plusieurs fois par jour. Luca préparait le concours d'une école de cinéma, Anna étudiait les Lettres. Elle voulait devenir enseignante, rêvait de voir la Méditerranée, et leur amour ne pouvait, n'aurait pas dû avoir de fin.

Se sont-ils vraiment séparés ? Une lettre, un jour, est arrivée de Leningrad, et Anna est repartie.

Je suis revenu dans ma ville familière jusqu'aux sanglots
Jusqu'aux ganglions de l'enfance, jusqu'aux nervures sous la peau

écrit Ossip Mandelstam. On n'échange pas de lettres lorsque l'amour n'a pas d'issue. Durant vingt ans, Luca a gardé leur histoire comme une douleur secrète. Jusqu'à ce que ce récit commence.

Le train reliant Leningrad à Paris vient d'entrer en gare de Poznań. La passagère s'est levée, mais Luca n'a pu ou n'a pas voulu reconnaître son visage. Il a encore le temps. Cette traversée de l'Europe s'achèvera au lever du jour. Il songe qu'ils voyagent ensemble pour la première fois.

Dan Franck a publié plusieurs romans dont le Cimetière des fous, Les Calendes grecques, Les Adieux *ainsi que* Les Aventures de Boro, *reporter-photographe, en collaboration avec son ami Jean Vautrin. Il a reçu le prix Renaudot 1991 pour* La Séparation, *roman qui a été traduit en quinze langues et porté à l'écran par Christian Vincent.*

Dan Franck

UNE JEUNE FILLE

ROMAN

Éditions du Seuil

TEXTE INTÉGRAL

ISBN 2-02-028311-5
(ISBN 2-02-013543-4, 1re publication)

Pour Marion
Pour Fabienne et Enki

Non, je n'étais pas sous un ciel étranger,
Ni protégée par des ailes étrangères.
J'étais avec mon peuple,
Là où mon peuple était, pour son malheur.

Anna Akhmatova

Il ne sait quelle ville le train venait de franchir lorsqu'il a vu sa main. Ils traversaient une campagne obscure surplombée par une lune blanche, très ronde. Il en regardait les dessins, essayant de situer la mer des Humeurs et l'océan des Tempêtes.

Il n'a pas vu sa main, mais le mouvement de son bras dans le reflet de la vitre. Elle était assise de biais, les jambes croisées sous la table. Elle portait une robe noire dont il n'apercevait que l'emmanchure, et un grand châle de même couleur, en soie, sur lequel tombait la chevelure, châtain foncé, magnifique, sans boucles. Il distinguait le profil, l'ombre de la joue, l'aile du nez, une main, mais pas la bouche, moins encore le sourire, le pétillement de la pupille.

Elle s'était installée cinq places devant, dans la rangée opposée à la sienne. Loin. Mais il a vu le geste. D'abord son esquisse, dans la glace, puis, parce qu'il a tourné le visage dans sa direction, le poignet, le bras, la main. Elle a porté la paume à la nuque, a rejeté la tête vers l'arrière tandis que son coude revenait à la joue, enfermant le visage dans une étreinte douloureuse.

Des parfums l'ont submergé. Un désir qui ne lui appartenait plus, ou qui l'avait fui depuis longtemps. Il n'avait pas prévu que cela se produirait ainsi. Que cela se produirait. Il avait recouvert son souvenir d'un voile imperméable à toute sensation. Elle avait été comme une présence recroquevillée à l'intérieur de lui-même, une douleur localisée dont il n'approchait pas.

Quelque chose venait de se briser en lui : une pierre scellée entre sa mémoire et les roulis du voyage.

Elle a quitté son siège. Elle a remonté la bandoulière de son sac sur l'épaule, a lissé ses cheveux d'un mouvement rapide, puis, sans un regard pour les quelques voyageurs assis là, elle a disparu dans le couloir.

A son tour, il s'est levé. La voie ne longeait plus la route depuis longtemps. Il avait froid. Il songeait qu'ils voyageaient tous deux dans ce train qui avait traversé la moitié de l'Europe depuis Saint-Pétersbourg et qui s'arrêterait à Paris, le lendemain, au lever du jour.

I

La première fois, c'était dans un café de la banlieue parisienne, en novembre, un lundi. Il était descendu de chez lui pour jouer aux échecs. A l'époque, il préparait le concours d'une école de cinéma et vivait ainsi, cinquante francs la partie, une partie chaque jour. Il ne perdait jamais.

Il a poussé la porte de ce café où se disputaient les tournois, a traversé la première salle, puis il est entré dans la deuxième pièce, celle où l'attendait son adversaire.

L'endroit était équipé d'un poêle à charbon qui brûlait en son centre, d'un juke-box et de quelques tables rectangulaires dont l'une, ce jour-là, lui était réservée. Près des fenêtres, des vieillards étaient penchés sur les échiquiers que la maison mettait à leur disposition. Des chronomètres en bois étaient placés près des plateaux. Les paumes s'abattaient à tour de rôle sur les boutons-déclencheurs, produisant chaque fois un bruit mat doublé d'un cliquetis à peine perceptible.

Quand il pénètre dans la salle, la jeune fille est présente. Elle est assise à une table du fond, près du juke-box. Il la voit dès le premier instant. Elle écoute *Mister Tambourine Man*, Bob Dylan. Elle porte un kilt et un col roulé noir, fume une cigarette et boit un café dont il sait, à la grimace esquissée, qu'il manque de sucre. Deux garçons l'entourent, et une fille aussi jeune qu'elle. Tous se retournent vers lui. Tous sauf elle. Un paquet de livres et de cahiers retenus par deux élastiques en croix est posé sur la table.

Il la regarde. Elle a les cheveux bruns, longs, le teint mat. Son pull est en mohair, peut-être en cachemire, en tout cas un tissu très chaud, une matière qu'on a envie de toucher. Dehors, il fait froid. Et toujours, il associera l'automne à une saison confortable, la saison des cols roulés doux et épais qui ne laissent entrevoir de la peau qu'une intimité rêvée.

L'inconnue est la dernière à lever les yeux. Non parce qu'il est là mais parce que l'aiguille du disque accroche un sillon. Elle l'aperçoit. Dylan chante de sa voix déchirée. Ce qui la frappe, tout d'abord, elle le dira plus tard, c'est qu'il est vêtu de noir, comme elle. Et aussi qu'il semble démesurément grand, enveloppé dans un imperméable froissé.

Il ne bouge pas. Simplement, il la dévisage. Son regard est d'un bleu intensément vivant. C'est un regard qui prend, qui impose aussitôt un rapport de nécessité, une sorte de violence.

Il ne peut se défaire de cet œil si particulier. Il a oublié pourquoi il est venu là. Ou plutôt, il s'en moque. Ce qu'il voudrait, c'est aller vers la jeune fille, lui tendre la main et l'entraîner ailleurs.

Elle abandonne la première. Écrase sa cigarette dans un cendrier jaune et revient à ses amis. Les conversations reprennent. Il s'assied à la table de son adversaire. Celui-ci est un sexagénaire dont la chevelure, argentée, s'harmonise avec la pochette, crème, le complet, gris perle, les manières, discrètement prétentieuses. L'homme possède la raideur des aristocrates, la bienveillance haut perchée des bourgeois descendus à la plèbe, le smile yankee, l'œil froid.

Il joue. Perd au terme d'une partie très longue dont il ne se rappellera pas les subtilités. Il couche son roi, fait exceptionnel. Quand il se retourne, la jeune fille a disparu. Il s'approche de la table. D'elle, il ne reste que quelques mégots dont l'un est mal éteint. Elle fumait des Gitanes filtres.

Le lendemain matin, à neuf heures, il revient dans le café où ils se sont rencontrés. Il choisit *Mister Tambourine Man* sur le juke-box de la deuxième salle et s'assied à la table qu'elle occupait la veille.

Il commande un thé. Le disque s'achève. Il se lève et quitte le bistrot. Il gagne un autre lieu où un adversaire l'attend, remporte la partie en moins de quinze coups, prend rendez-vous pour le lendemain et marche dans la ville.

A dix-sept heures, il pousse de nouveau la porte du café, reprend sa place du matin et commence d'attendre.

Elle arrive comme le soir tombe. Elle est seule. Enveloppée dans un pardessus noir, ses livres sous le bras. Les cheveux sont dissimulés sous un bonnet en daim bordé d'un ruban de fourrure. Le froid a moucheté ses joues de petites taches rouges qui égaient son visage.

Elle le voit. Mais ne lui adresse aucun signe. Elle se dirige vers une table proche du poêle, se débarrasse du manteau et s'assied. Elle frotte ses mains l'une contre l'autre pour se réchauffer. Elle ôte son chapeau d'un mouvement vif avant de secouer la tête pour libérer ses cheveux. Et lorsque ceux-ci ont noyé les épaules, elle fait le geste : les doigts étreignent la nuque, le visage se couche vers l'arrière, et le coude vient contre la joue, le bras formant comme un écrin où se love la tête, légèrement penchée sur le côté. La jeune fille, alors, ferme les yeux. Le mouvement exprime une lassitude profonde, presque une détresse. Une plainte muette qui le bouleverse.

Il se lève au moment où elle se redresse. Elle commande un lait chaud, défait l'élastique retenant ses livres et ouvre un bloc sur lequel elle dessine. Il choisit *Mister Tambourine Man*. Puis regagne sa place et, ayant posé un échiquier portatif sur la table, s'absorbe dans la reconstitution de la partie qui opposa Nimzowitch à Alekhine, tournoi de Bled (Yougoslavie, 1925).

Le troisième jour, elle ne vient pas. A six heures, il sait qu'il ne la verra pas. Mais il reste jusqu'à la fermeture du bistrot. Il ne l'attend pas. Il recompose sa silhouette à travers la fumée des cigarettes. Il incline son visage vers l'arrière, entre paume et bras, ferme les yeux, songeant : Ainsi fait-elle.

Il met et remet *Mister Tambourine Man* sur le jukebox jusqu'au moment où un client le prie aimablement de changer de disque. Alors, il paie ses consommations et sort. La nuit est tombée. Un brouillard bas court sur les trottoirs, s'infiltre sous les manteaux, grandit à l'intérieur de soi, mordant comme le cafard.

Il se rend à la gare, prend un billet au guichet et monte dans le premier train pour Paris.

Lorsque le voile des tristesses l'engourdit, il va à Saint-Michel chercher le bruit et la lumière. Il entre dans une boîte, s'assied à l'écart et coule avec la musique. Il se tient tête basse devant son verre, laissant aller son visage, yeux clos. Comme la jeune fille en noir.

Et comme elle, il attend que tombe à ses pieds le poids des misères. Il faut que son esprit se défasse de cette enveloppe dont la consistance rappelle la vapeur, l'eau, les nuages. Elle n'enferme aucun souci, aucune inquiétude, seulement une matière vide, le drapé soyeux des chagrins sans causes. C'est une toile de fond un peu terne sur laquelle les raisonnements n'ont pas prise et que seules des couleurs d'une autre teinte parviennent à recouvrir. Le bruit alentour contre le silence de soi.

A l'aube, il reprend le train pour sa banlieue. Il se tient bien droit au centre de ses délabrements, repoussant de toutes ses forces la tentation de l'ensevelissement qui s'empare de lui lorsqu'il voit, à droite et à gauche, les silhouettes titubantes des gens comme lui. Il se laisse bercer par le claquement des roues sur le ballast, fixe les paysages à travers la vitre, observant ce qu'il observe aujourd'hui, dans ce compartiment vide et surchauffé : un ciel bas, des maisons noires, les mouvements très lents, à peine ordonnés, d'une histoire encore en sommeil.

Le sixième jour, il est assis à une table à l'écart. Il vient de remporter sa première partie de la journée lorsque la jeune fille fait son apparition. Elle s'arrête sur le seuil et observe. Elle paraît inquiète. Quand elle le voit, ses traits se détendent. Il lui semble même que sa bouche esquisse un sourire qui lui est adressé. Ses mains sont vides. Elle n'a pas ses livres. Elle ne cherche pas un siège où s'asseoir. Elle l'attend.

Il se lève et s'approche. Il voit les yeux d'un bleu très clair, l'extrémité d'une écharpe blanche. Elle s'est légèrement parfumée.

Elle dit : « J'étais malade hier. »

Il reconnaît l'accent aussitôt.

Ils sortent. Il aimerait que la nuit fût tombée, les rues vides absolument, qu'il fasse froid et qu'ils marchent, enveloppés dans une nappe de brouillard, à peine visibles. Mais ce n'est pas ainsi. Ils longent des rues grises où stationnent des voitures. Les façades sont sales, des chiens aboient, quelques arbres décharnés surplombent l'arrêt des autobus.

Il a enfoui ses mains dans les poches de son manteau. L'échiquier est coincé sous son avant-bras. Ainsi ne fera-t-il aucun geste hâtif, ainsi ne lui prendra-t-il pas la main ou l'épaule, l'obligeant à s'arrêter, à se tourner vers lui, à venir contre sa poitrine, serrée, les cheveux sous ses doigts.

Il lance maladroitement : « Vous êtes russe. » Et, au hasard, ajoute : « De Moscou. » Puis, comme elle ne répond pas, il énonce des villes, Kiev, Riga, Alma-Ata.

Elle le dévisage avec étonnement. Elle dit : « Les gens ne reconnaissent jamais mon accent...

– Mon grand-père venait de la mer Noire. »

Ils gravissent une côte sinueuse bordée de trottoirs trop étroits pour qu'ils s'y tiennent ensemble. Il va sur la chaussée. De temps à autre, une voiture l'oblige à se rapprocher d'elle, mais il redescend aussitôt, et il l'écoute, moins ses propos, peut-être, que ses intonations, ce qu'il lit à travers ses paroles, le charme infini qu'il lui découvre.

« Je suis née à Leningrad, dit la jeune fille. Mes parents habitent là-bas. Ma mère est française, et je vis chez sa sœur depuis un an. »

Elle ajoute qu'elle est en première année de Lettres, qu'elle voudrait enseigner plus tard, peut-être en Russie mais peut-être pas, elle n'était jamais venue en France, son rêve, c'est de voir la Méditerranée. Elle parle avec un timbre qu'il reconnaîtra toujours, et toujours avec émotion. Sa voix est tantôt grave, tantôt chantante. Une tonalité qui monte un peu dans l'aigu, et alors elle perd la retenue avec laquelle elle s'était exprimée, elle bouge la tête, les mains, elle rit.

Il lui demande pourquoi elle a quitté son pays, et elle répond : « Pour le quitter. » Il perçoit une tristesse dans sa voix, une gravité. Il n'insiste pas. Il voudrait qu'elle lui confie des secrets véritables, si elle est émue, si elle est attirée par lui comme il l'est par elle, quand ils se reverront. Et ils avancent sur le raidillon qui conduit à l'une de ces résidences à la mode où vivent des cadres moyens qui, ne pouvant s'offrir Paris, ont choisi d'être là parce que c'est près et commode, pas trop mal desservi, dans dix ans, de toute façon, ce sera Paris, ou tout comme – affirment-ils.

Ils font connaissance dans le désordre, à toute vitesse. Elle veut savoir s'il joue toujours aux échecs, et il dit que non. Elle s'étonne : « Mais même tout seul, vous jouez ! Il faut être très fou pour rester assis comme ça devant un jeu, sans personne de l'autre côté ! »

Il rit. Il explique qu'il prépare le concours d'entrée d'une école de cinéma.

« Pourquoi le cinéma ?

– Parce que je veux faire des films.

– Mais les échecs, alors ?

– C'est un métier provisoire.

– Je suis contente que ce soit provisoire. »

Il lui demande pourquoi. Elle s'arrête, se plante

devant lui et s'exclame : « Mais parce que ce n'est pas un métier ! »

Elle a deux taches rouges sur les pommettes, et elle tient ses poings sur les hanches. Il pense que demain il la reverra, et après-demain, et tous les jours qui suivront. Il voudrait toucher son visage, mais ne le fait pas. Prendre sa main, mais ne le fait pas. A-t-elle déjà couché avec un garçon ? Quand ils se quitteront, est-ce qu'elle l'embrassera, ou bien lui tendra la main, ou lui lancera un « salut » désinvolte – et lui donnera-t-elle un rendez-vous, son numéro de téléphone, reviendront-ils au café ?

Ils franchissent un portillon au-delà duquel s'étend une résidence composée de petits immeubles bas.

« J'habite là », dit la jeune fille.

Elle monte un escalier, s'arrête en haut des marches et désigne un bâtiment crème.

« Ma chambre est au quatrième étage... Troisième fenêtre en partant de la droite.

– Je la vois, dit-il.

– A bientôt. »

Il lui tend la main. Elle hausse les épaules et l'embrasse légèrement sur la joue.

« Demain, on se dira d'autres choses. »

Elle le dévisage avec une moquerie légère dans le regard. Une moquerie ou de l'intérêt, il ne sait. Mais déjà, elle a fait demi-tour. Elle court vers une porte verte derrière laquelle elle disparaît.

Lui, il ne bouge pas. Il se demande s'il a assez parlé,

s'il n'en a pas trop dit, s'il sera plus à l'aise le lendemain, s'il a eu raison de la raccompagner... Puis, si l'exaltation qu'il éprouve ressemble à l'amour, au bonheur, à la poésie. A la mort, aussi.

Il rentre chez lui. Il habite un rez-de-jardin loué à une veuve qui occupe les deux étages supérieurs d'un pavillon dont l'odeur d'humidité, ou plutôt sa réminiscence, le saisit toujours, vingt ans après, chaque fois qu'il pénètre dans une maison de campagne inhabitée. C'est comme une gifle qui le replongerait dans le bain âcre, un peu amer, de sa fin d'adolescence. Ce lieu, qu'il avait appelé *le Jardin*, lui apparaît aujourd'hui comme le cimetière de sa jeunesse : une surface vide et désolée où il a appris à grandir, bien obligé. Il n'en a conservé aucune photo, aucune trace, excepté les quelques objets qu'il avait emportés avec lui et qui ne le quitteront jamais, devenant au fil des années les témoins de son enfance, les marques de sa mémoire : *Les Récits de feu Ivan Pétrovitch Bielkine*, de Pouchkine (dans une édition russe), une lithographie de Daumier, le buste en plâtre d'une bohémienne, la canne de son grand-père, les tomes I et VI des Œuvres complètes de Gustave Flaubert dans l'édition du Centenaire (1923, Librairie de France, Paris), et son premier appareil photographique, un Leica C à monture vissée datant de 1936.

Il y avait aussi les disques et les enregistrements qui lui seraient volés plus tard, qu'il rachèterait, offrirait puis rachèterait encore, invariablement avec les mêmes interprètes, Schnabel, Kleiber et le quatuor Vegh pour Beethoven, Bach par Menuhin et Max Van Egmond, Bartok par Fritz Reiner, la Callas dans Mozart et Verdi, Julius Katchen pour Brahms, et Stravinski par lui-même. Il lui manquera toujours une version de l'opus 26 de Beethoven (il aimait particulièrement le troisième mouvement : *Marcia funebre sulla morte d'un eroe*) interprété par Wanda Landowska, qu'il cherchera partout à travers le monde sans jamais la retrouver.

A l'époque de sa rencontre avec la jeune fille, il avait claqué la porte des familles. Il venait d'acheter un appareil pour écouter ses disques. Il travaillait en musique. Il lisait des scénarios et des ouvrages consacrés à l'histoire du cinéma. Sa vie était emplie de révoltes vaines et silencieuses.

Le premier soir après qu'il a raccompagné l'inconnue chez elle, il pousse précautionneusement la grille d'entrée de la maison et file sous les fenêtres du premier étage, le buste penché afin d'échapper à la curiosité bavarde de la veuve.

La lumière de sa chambre est allumée. Une fille

l'attend, assise sur le lit. Elle s'appelle Isabelle. Elle a les cheveux blonds, très clairs et raides, dégagés sur le front, le teint ivoirin et la peau blanche. Mais, formant contraste avec la pâleur du visage, un regard très noir, noir exclusivement, sans autre variation, teinte ou demi-teinte. Cet œil si sombre, d'une rare mobilité, exprime à lui seul ce qui manque à la bouche, le sourire, ou aux pommettes, le rosissement, le rougissement, l'expression du plaisir.

Ce soir-là, le regard signifie l'attente. Et lui, il ne sait pas. Il se tient debout au centre de la chambre, en proie à des pensées contradictoires. Il souhaiterait rester auprès de la jeune fille du café, le plus longtemps possible, jusqu'au sommeil.

Il ôte son manteau. Lorsqu'il se retourne, Isabelle est étendue sur le dos, à plat, et elle le regarde.

Elle dit : « Je voudrais coucher avec toi. Ce sera la première fois. »

Elle fumait. A l'époque de leur adolescence, tous fumaient. Sauf lui.

Elle ajoute : « Pour la première fois, je voudrais que ce soit toi. »

Elle aurait ordonné ses propos différemment, disant, par exemple, Je voudrais que tu sois la première fois, ou exprimant une tendresse, une chaleur, il eût proposé un autre jour, un autre lieu, c'est-à-dire un autre homme. Mais la crudité, la froideur de la demande lui parurent convenir à ce qu'il pouvait donner ce soir-là, et il alla vers le lit. Il n'y avait pas d'amour entre eux, seulement une tendresse passagère, comme souvent, et même presque toujours, dans ces situations-là, avec des filles de cet âge. Alors qu'il prenait Isabelle dans ses bras, la jeune fille s'éclipsa, exquise politesse.

Le lendemain, elle vient directement à la table où il est assis, repousse le jeu d'échecs et, aussitôt, lance :

« Hier, nous avons oublié de nous dire quelque chose d'important. »

Il ne répond pas.

« Savez-vous quoi ? »

Il hoche négativement la tête.

« Cherchez un peu... »

Elle porte un chemisier blanc, un collier de fausses perles et des boucles d'oreilles en émaux.

« Vous ne voyez pas ?

– Non... Mais on pourrait se tutoyer.

– Pas maintenant... »

Il sait très bien ce qu'ils ne se sont pas dit. Mais il voudrait qu'elle comble elle-même l'omission. Toute la nuit, il a cherché. Et elle aussi. Plus tard, ils s'avoueront l'un à l'autre que ce blanc leur plaisait. Il leur permettait de rêver.

« Je crois que c'est très court, dit-il en se penchant

légèrement. Court et doux. Peut-être Macha. Ou Tania.

– Et vous, un prénom composé. »

Ils jouent à deviner. A six heures, ils n'ont pas trouvé. Et à sept, non plus. A la fin, comme il se lève car elle doit rentrer, elle dit : « Moi, c'est Anna.

– Et moi, répond-il, moi, c'est Luca. »

A travers la vitre givrée du compartiment, Luca observe les campagnes endormies. Maintes fois déjà, il est passé là. Il ne reconnaît pas les lieux, mais le train est le même. C'est celui du premier voyage. Celui du premier scénario.

Il avait vingt-deux ans et il venait de Leningrad. A Moscou, il était descendu à la gare et avait acheté un carnet à spirale. De retour dans son compartiment, il avait tiré les rideaux et, sur la tablette d'acajou qui se trouvait face à lui, avait commencé à écrire.

Il se souvient du train de naguère, car c'était le même que celui d'aujourd'hui. Un vieux train russe aux cuivres passés, lent comme les temps anciens, dont les ressorts crissent parfois au passage des rails. Il traversait des paysages semblables à ceux qui se profilent loin derrière la vitre, une masure, quelques champs, les ombres noires d'un bâtiment aux pans crevés.

Depuis cette époque lointaine, Luca a signé l'écriture et la réalisation de neuf films. Aucun ne lui tient tant à cœur que le premier, celui qui n'existe pas encore. Mais il sait désormais qu'il le mènera à son terme. Car s'il laisse monter en lui les visages des femmes de sa vie, s'il dessine pour soi-même une silhouette féminine penchée sur l'ombre de Pouchkine écrivant, c'est la jeune fille qui apparaît, c'est Anna qui lui tend la main.

Et Luca la prend.

Il se souvient de la première question qu'elle lui pose, le septième jour. Elle veut savoir pourquoi *Luca*. Et lui ne souhaite pas répondre. Pas encore. Ils ne se connaissent pas assez. Il n'éprouve pas le désir de dévoiler ses légendes. Mais elle insiste. Elle est assise sur un rondin, dans la forêt de Saint-Germain-en-Laye. Il la photographie avec son Leica. Le soleil jouant avec la pupille confère au regard une énergie incroyablement vivante. Luca veut ce regard-là. Il dit : « Ne bougez pas, ne bougez surtout pas. »

Il mitraille.

« Vous ne m'avez pas répondu », dit Anna.

Il change de pellicule.

« Mon grand-père était russe et roumain. Originaire de Bessarabie, une province brinquebalée entre les deux nations.

– Je la connais », dit Anna.

Il voudrait en rester là, mais elle le fixe, elle attend. Alors il poursuit. Il explique que son grand-père a émigré en France avant la guerre, qu'il s'est engagé dans les Brigades internationales. Il est parti pour l'Espagne. En 1937, sur le front d'Aragon, son meilleur ami est tombé sous ses yeux. Il était roumain. Il s'appelait Luca Klein.

La jeune fille ne pose pas d'autre question. Luca pourrait ne rien ajouter. Photographier en silence. Pourtant, il montre son appareil et dit : « Ce Leica appartenait à Klein. »

Après, il se tait. Il ne dit pas que chez lui, dans un coin dissimulé de sa bibliothèque, il conserve une photo de sa famille. Cette photo ne l'a jamais quitté. Elle montre cinq personnes assises sur la balustrade d'une maison. La maison se trouve à Kichinev, en Bessarabie, et les cinq personnes sont, de gauche à droite, le grand-père de Luca, son arrière-grand-père, la sœur de son grand-père, sa mère, son frère. Elles fixent l'objectif avec une douce sérénité. Aujourd'hui, elles ont toutes disparu.

Observant la photographie, il est souvent arrivé à Luca d'essayer d'aller au-delà des regards afin d'imaginer comment, quelques années après la prise de vue, ces visages si doux, si paisibles, s'étaient figés devant les mitrailleuses allemandes, quelle peur ils exprimaient lorsque les nazis poussèrent leurs prisonniers jusqu'au Dniestr avant de les précipiter dans les eaux sombres du fleuve. Mais il n'est jamais parvenu à concevoir l'ombre de la mort sur ces regards vivants.

Longtemps, l'image de cette famille qu'il ne connaissait pas représenta pour lui la figuration absolue de la sauvagerie. Sa vie durant, il conserva – et conservera – la vision de ses arrière-grands-parents jetés dans le tumulte des eaux et des balles. C'est sur un pont du Dniestr, dix ans avant sa venue au monde, que naquit la part de tragédie qu'il portera toujours en soi. Luca s'appropria l'histoire de sa famille car sa famille fut rayée du monde. Il fut comme le dernier survivant.

Il ne parle pas de cela à Anna. Ni ce jour-là, ni les suivants. Il éprouve une gêne, une pudeur. Luca ne se raconte pas.

Il l'observe à travers le viseur de son appareil. Il pense qu'elle a la taille en goutte, des chevilles délicates. Elle se déplace en fonction du soleil, et à la fin, comme le soir tombe, la pupille est noire et l'iris exactement comme il souhaitait le voir, pailleté, mordoré.

Il dit : « Je vous donnerai la meilleure photo. On n'en gardera qu'une, et je détruirai les négatifs. »

Elle refuse. Elle répond : « Vous les garderez toutes, et toujours. »

Il a envie de l'étreindre et ne le fait pas. C'est comme une expression qu'il s'interdirait. Un élan le pousse vers elle, mais il se retient. Il craint de l'effrayer, de s'entendre dire : « Vous n'avez qu'une idée, c'est de coucher avec moi. »

Et comme il en a d'autres, il patiente. Il voudrait qu'elle fasse le premier pas. Jamais il n'a éprouvé pour une personne cette violence intérieure qui le bouleverse.

Ils se retrouvent chaque jour, et cependant, il ne la connaît pas. Lorsqu'il n'est pas auprès d'elle, il est encore incapable de se représenter son visage avec précision. Il voit sa silhouette, son sourire, son regard, le geste, mais les traits s'estompent devant les expressions. Il ne sait d'elle que ce qu'elle lui donne, ce pour quoi il est charmé, un langage qui croît lentement entre eux. Et quand il l'attend, le soir, dans la deuxième salle du café, il craint d'être moins ébloui que la veille, ou que la minute précédente, alors qu'il était seul auprès d'une abstraction merveilleuse.

Mais elle le surprend toujours. Elle se coiffe de mille manières, arborant tantôt des nattes, tantôt une queue de cheval, parfois un chignon. Un jour, elle apparaît en tailleur sombre, le lendemain, elle s'habille comme ses camarades de fac, jean et shetland (de couleur pâle, rose ou mauve, avec, comme souvent ces pulls-là, à cette époque-là, quelques trous minuscules sur le devant ou ailleurs).

Elle lui offre de multiples facettes d'elle-même. Il les admire toutes. Il pense : « Elle est imprévisible, donc libre. »

Elle l'entraîne dans des promenades sans fin : « Faisons comme à Leningrad. Là-bas, les amoureux marchent pendant des heures le long du fleuve ou dans les jardins... »

Dans sa bouche, Leningrad, qu'elle appelle plutôt Piter, est comme le papier fleuri d'une chambre qu'elle n'a jamais eue. Elle réduit l'espace à la dimension de ses souvenirs que bornent, ici, la gare maritime, et là, la cathédrale de Kazan. Elle dit que dans sa ville, le vent passant sur les clochers d'or sent la mer et les algues ; que chaque matin, depuis la fenêtre d'une petite chambre qu'elle partageait avec d'autres enfants, elle regardait la flèche de l'Amirauté perçant les nuages sombres. Ici, en France, lorsqu'elle s'éveille, elle s'étonne toujours de dormir seule dans une pièce tendue de rose. La fenêtre ouverte, au printemps surtout, il arrive parfois que le pic lointain de la tour Eiffel fasse illusion. Mais cela ne dure pas. Et puis elle a oublié l'odeur de la mer.

Elle dit qu'elle est née le 5 mars 1953. Que ce jour-là, dans tout le pays, du golfe de Finlande au détroit de Béring, hurlaient les sirènes des usines, des bateaux et des villes, les gongs et les cloches, les canons et les fusils. Elle ajoute : « Ce n'était pas pour moi. C'était pour Staline. Il m'a laissé la place. »

Elle dit que la nouvelle de la mort de Staline fut

apportée aux siens par son père, quelques heures avant qu'ils quittent l'appartement communautaire qu'ils habitaient sur la perspective Nevski. Elle dit que sa mère lui a raconté la scène cent fois, que son père l'a écrite, et Luca lui-même, sous sa dictée, l'a notée pour s'en souvenir plus tard, si un jour il faisait un film. Elle lui a demandé, s'il tourne, que la première image représente la forteresse Pierre-et-Paul, à Saint-Pétersbourg, sur quoi s'inscriront, en lettres noires, les premiers vers du poème d'Ossip Mandelstam, *Leningrad* :

> *Je suis revenu dans ma ville familière jusqu'aux sanglots*
> *Jusqu'aux ganglions de l'enfance, jusqu'aux nervures sous la peau.*

Elle dit que sa mère était allongée sur le lit, entourée par les trois autres locataires de l'appartement. Ses mains étaient posées sur le ventre. Elle portait une natte ramenée en tresse formant corolle au-dessus du visage. Elle dit que les flammes d'un bougeoir jouaient de leur reflet multiplié sur les prunelles et la bouche, yeux noirs brillant extraordinairement, lèvres d'une grande pureté, avec, sur l'une d'elles, une tache minuscule, comme une flétrissure délicate.

La mère regardait en direction de la porte. Celle-ci s'est ouverte sur un homme grand et maigre : le père d'Anna. Il portait un lourd manteau de fourrure dont le col était pailleté par le givre. Il a refermé le battant et s'est dirigé vers le lit. Elle dit que son visage exprimait un indicible bonheur. Il s'est penché vers sa femme, l'a embrassée sur le front, sur les lèvres et sur les mains. Puis il s'est tourné vers les autres et a murmuré : « Le rat est mort. Le rat est crevé. »

Elle dit qu'ils se sont tous levés. Qu'ils se sont embrassés. Que l'un d'eux s'est dirigé vers le lavabo, a pris cinq verres et les a remplis d'eau. Ils ont trinqué sans bruit. Ils étaient bouleversés.

Elle dit que sa mère a quitté l'hôpital Sveko de Leningrad le jour de l'enterrement de Staline. Ses rires se sont mêlés à la plainte funèbre. Comme elle poussait la porte de chez elle, à Moscou, sur la place Rouge, une cohorte de dignitaires médaillés saluaient la descente de Staline au tombeau. Khrouchtchev, Beria, Malenkov et Boulganine devant la dépouille momifiée du défunt Maître. La foule était orpheline. Mais Anna était là.

Elle dit que le matin de sa naissance, ses parents savaient déjà que sa route quitterait la leur pour reprendre le chemin que sa mère avait perdu. Elle dit que son histoire est inséparable de celle de sa mère, que Luca ne comprendra rien à elle-même s'il ignore le destin de ses parents.

Elle dit que sa mère est née à Marseille, que ses grands-parents, arméniens, avaient émigré en France après le massacre de la communauté par les Turcs. Elle dit qu'après la guerre, ils cédèrent aux sirènes de

Stalingrad, Yalta, Thorez et Mikoïan : un beau jour, ils embarquèrent pour l'Arménie à bord d'un beau bateau blanc où les voyageurs, entassés sur le pont, les accueillirent aux cris de *Vive l'URSS ! Vive le Petit Père des peuples !*

Elle dit qu'au large de la mer Noire, sa mère avait compris de quoi serait fait le paradis soviétique : les immigrants jetaient par-dessus bord le pain qu'on venait de leur distribuer ; des pêcheurs poussaient leur barque pour le récupérer. Quinze ans plus tard, la mère s'écriait encore : « Même mouillé, ils le bouffaient ! »

Elle dit que ses grands-parents tentèrent par tous les moyens de rentrer en France. Ils n'y parvinrent jamais. Sa mère non plus. Elle dit qu'elle rencontra son père à l'Union des écrivains de Moscou. Elle était traductrice. Il avait publié quelques poèmes et venait d'achever ses études. Il partait enseigner la philosophie à l'université de Leningrad. Ils décidèrent de se marier là-bas.

Elle dit que son premier souvenir date de l'âge de quatre ans. Elle dessinait à l'aide d'un morceau de charbon sur une feuille de papier kraft. La mère regardait le dessin. Elle a demandé : « Qu'est-ce que c'est ? » La petite fille a répondu : « Un cheval. » La mère a poursuivi : « Comment on dit *cheval* en français ? » Anna a donné la bonne réponse. « Et *girafe* ? » Anna a donné la bonne réponse.

Elle dit : « J'ai su *Autobus, Lapin, Princesse, Pomme de*

terre. Puis, *Avion, Voyage, Champs-Élysées, Paris, Au revoir*. Mes parents m'ont élevée dans l'idée du départ. Ils m'aimaient trop pour me partager. Ils voulaient une petite fille, pas une petite Soviétique, comprenez-vous ? »

Elle dit encore que tous les dimanches, sa mère l'emmenait place du Palais, au pied de la colonne d'Alexandre, et là, elles guettaient les touristes français, s'arrêtaient à côté d'eux pour écouter leur langue. Souvent, elles se proposaient comme guides, non pour l'argent (elles n'en demandaient pas) mais pour entendre et entendre encore des mots que la gamine écrivait ensuite sur des cubes de couleur fabriqués par son père.

Elle dit que les premières années de sa vie furent sans doute les plus heureuses. Elle se souvenait des balançoires du Jardin d'été, d'une robe mauve taillée pour elle par sa mère, des marelles tracées dans la cour où varlopait un menuisier. Elle dit qu'elle était une petite fille. Qu'elle était encore une petite fille.

Elle dit qu'en 1958, pour avoir soutenu publiquement Pasternak qui venait de recevoir le prix Nobel de littérature, son père fut exclu de l'Union des écrivains. Elle dit qu'un écrivain ou un poète non reconnu par l'Union devenait un parasite. Elle dit que *parasite* est le terme officiel. Elle dit qu'aucune publication n'édita plus son père, que les portes des journaux lui furent fermées. Elle dit qu'il lisait des poèmes devant une assistance peu nombreuse réunie à la bibliothèque

Maïakovski puis à la maison Gorki. La mère était toujours présente, assise au dernier rang de l'assistance. L'Union lui avait retiré ses traductions. Elle était vêtue d'un vieux manteau de fourrure. Anna dormait dans ses bras.

Elle dit que son père fut chassé de l'université. Il resta un an sans travail. Puis il devint ouvrier à l'arsenal, manutentionnaire, poseur de canalisations, conducteur de pelle mécanique. Elle dit que le bleu de travail, c'était moins doux que les costumes de professeur. Elle dit qu'ils mangeaient des pommes de terre. Du pain et des pommes de terre. Que la viande ne lui manquait pas : elle en avait si peu mangé qu'elle avait oublié.

Elle dit qu'elle se souvient d'une salle de classe, quand elle avait huit ans. Au mur, il y avait un portrait de Lénine. Les élèves dessinaient sur un thème imposé : le premier homme dans l'espace. Elle avait représenté une silhouette aux yeux crevés. Le professeur a examiné son dessin avant de le déchirer et de lui ordonner d'en faire un autre. Elle dit qu'elle a posé ses crayons et qu'elle est sortie de la salle. Le soir, son père l'a grondée. Comme elle pleurait dans sa chambre, il l'a prise dans ses bras et l'a suppliée de ne jamais se faire remarquer. Elle dit qu'elle découvrit ce jour-là le drame de cet homme, son père, qui la sanctionnait lorsqu'elle était enfant pour ne pas que l'État soviétique la punisse plus tard, l'empêchant de partir pour une faute commise dans sa jeunesse. Elle dit :

« A ma naissance déjà, il avait tracé la ligne de mon destin, une ligne toute droite, comme la perspective Bolchoï, qui partait de Leningrad pour aller à Paris, avec un arrêt aussi bref que possible à l'Institut pédagogique des langues étrangères. »

Elle dit aussi : « Peut-être est-ce parce que je dus apprendre à faire des bêtises silencieuses que depuis ce jour je rendis mes dessins illisibles à quiconque. Parce que même si je n'en avais pas le droit, ça m'amusait de crever les yeux de Youri Gagarine. »

Elle dit qu'elle se souvient de la chambre qu'elle partageait avec une petite fille et deux garçons qui dormaient tête-bêche. Son lit était peint en rose, orné de décalcomanies représentant des fleurs et des petits animaux. Il y avait une poupée en Celluloïd posée sur une étagère, quelques livres illustrés, une paire de castagnettes démantibulées, un cerceau, une minuscule chaussure blanche à lacets.

Elle se rappelle surtout que les murs étaient minces, trop minces, et qu'elle avait toujours peur quand elle entendait des bruits, gémissements et soupirs, provenant de la pièce voisine. Elle se bouchait les oreilles, se retournait, enfouissait son visage sous les couvertures. Plus tard, elle comprit ce qu'étaient ces bruits.

Elle dit que pour ses dix ans ses parents avaient invité quelques camarades de classe. C'était la première fois. Les enfants étaient assis autour d'une table ronde. Ils buvaient de l'eau à l'aide d'une paille constituée d'un macaroni.

Elle dit que ce jour-là, son père lui a offert un tableau encadré. C'était la reproduction d'une femme peinte par Modigliani. Le père a dressé le tableau contre le mur. Il a dit : « C'est Anna Akhmatova. Est-ce que tu sais le dire ? »

Anna a hésité un instant, puis a répété : « Anna Akhmatova.

– Encore.

– Anna Akhmatova, Anna Akhmatova, Anna Akhmatova... »

Le père a dit : « Son nom est le premier de ses vers. C'est une femme qui a beaucoup souffert... »

Anna s'est approchée du cadre. Elle a effleuré le visage de la poétesse et a murmuré : « Elle est belle. »

Elle dit qu'elle se souvient de sa dernière réunion aux jeunes Komsomols. Ils écoutaient un adolescent plus âgé que les autres. Il était juché sur une estrade.

« Vous savez pourquoi le soleil ne brille pas la nuit ? »

Personne n'a répondu. Le Komsomol a poursuivi : « Ce sont les ennemis de notre peuple qui l'éteignent pour nous empêcher de bâtir le communisme. »

Les jeunes gens ont éclaté de rire. Le Komsomol a frappé plusieurs fois du poing sur la table. Silence. Le Komsomol a repris : « Quel est le premier rôle du Soviet suprême ? »

Personne n'a répondu.

« Le premier rôle du Soviet suprême, c'est de liquider les riches ! »

Anna s'est levée du fond de la salle. Elle a tendu le

bras en direction de l'estrade et s'est écriée : « Camarade, ce ne sont pas les riches qu'il faut liquider ! Ce sont les pauvres ! »

Elle dit qu'elle a craint d'avoir proféré une énormité. Elle a pensé à son père. Mais elle fut applaudie.

Elle dit qu'un an plus tard, elle avait un amoureux. Un soir, il est venu la chercher à l'Institut des langues étrangères. Il portait une guitare accrochée à l'épaule : il était musicien. Il l'a embrassée sur les deux joues, puis il l'a prise par la taille et l'a entraînée sur le trottoir. Elle ne voulait pas qu'il la tienne ainsi. Elle tortillait les hanches pour se dégager. Alors il s'est emparé de sa main. Elle a crié : « Pas la main !

– Mais quoi, alors ?

– Rien ! »

Ils sont allés à la Maison des compositeurs. On y mangeait bien. Le jeune homme lui a offert un gâteau. Il a expliqué que les musiciens avaient des privilèges : leurs œuvres n'étant pas diffusées, ils n'étaient pas considérés comme dangereux.

Il a dit : « C'est pourquoi on fusille les écrivains, mais pas les musiciens ou les peintres. »

Anna a demandé : « Et si un apparatchik entend tes chansons ? »

Le jeune homme a répondu : « Comme je tiens à garder mes privilèges, j'écris des musiques sans paroles ! »

Il s'est approché d'elle et l'a enlacée. Elle a tenté de se dérober. Le jeune homme a demandé : « Tu sais comment un milicien ouvre une boîte de conserve ? »

Anna a hoché la tête.

« Il fait toc-toc sur le couvercle. »

Anna a ri.

« Et tu sais comment un milicien vérifie qu'une boîte d'allumettes n'est pas vide ?

– Non.

– Il secoue la tête. »

Elle a ri de plus belle. Le jeune homme en a profité pour prendre sa bouche. Elle s'est un peu débattue. Puis elle a abandonné. Elle a gardé les yeux ouverts. C'était son premier baiser.

Elle dit qu'elle se rappelle un jour du mois d'août. Elle dessinait sur la table de la cuisine. Son père surveillait le samovar. La radio était allumée. On entendait une musique militaire, puis il y eut la voix du journaliste. Elle dit que le père a monté le volume. Que sa mère est entrée dans la pièce. Elle dit qu'elle a abandonné son dessin. Elle dit qu'elle n'a pas oublié les mots prononcés par le journaliste. Il déclarait : « Les pays frères, réunis sous l'égide des forces du pacte de Varsovie, sont entrés ce matin en Tchécoslovaquie. »

Elle dit qu'elle crayonnait rageusement sa feuille de papier. Qu'elle l'a réduite en boulette et l'a jetée à l'autre bout de la pièce. Elle a regardé son père et sa mère, et a lancé : « Je suis bien contente de ne pas avoir de frère. »

Elle dit qu'elle se souvient du dernier jour. De l'horrible dernier jour. C'était un matin, sous la neige. On a fait semblant d'avoir bien dormi. On a lancé des

Bonjour et des Il fait froid avec des sourires de bonne humeur. Elle dit que sur la table de la cuisine, il y avait le chapeau d'une brioche. Elle n'avait jamais mangé de brioche. Elle a déclaré que c'était très bon, qu'elle en enverrait de Paris, jamais elle n'en envoya de Paris. Elle dit qu'ils ont fait comme si puis comme ça, un matin ordinaire, avec des après-midi plus tard, des soirées, des nuits, hier, aujourd'hui, demain. Il y avait deux valises, on les a laissées à l'écart. Des papiers officiels, ils ont changé de mains, de celles du père à celles de sa fille, sans importance sans importance. Elle dit que sa mère lui a donné son manteau, comme par hasard, comme si elle y pensait seulement, mais le manteau avait été brossé, nettoyé, tous les boutons étaient neufs, et puis c'était ce manteau-là, pas un autre. Elle dit qu'ils ont fini par partir très vite tant les paysages habituels les étouffaient. Elle dit que les locataires ont proposé d'offrir le taxi, elle dit qu'ils ont refusé, elle dit qu'ils n'ignoraient pas, le père, la mère, elle-même, que ce serait plus long en trolleybus.

Elle dit qu'ils ont disserté sur les beautés de cette ville qu'elle quittait maintenant. Elle reviendrait quand l'été serait là, les oiseaux, la paix, les retrouvailles. Elle dit qu'ils savaient tous trois que l'été poindrait, mais sans elle, et les oiseaux, et la paix, et les retrouvailles. Que cette ville était fondée sur le knout et la mort, sur les ossements de ses paysans-fondateurs tombés d'épuisement puis noyés dans les marais. Et qu'elle partait pour longtemps, pour toujours peut-être.

Elle dit qu'à quelques kilomètres de l'aéroport elle a ressenti une douleur abdominale diffuse qui partait du bas-ventre et remontait jusqu'au plexus. Elle dit qu'elle s'est levée du siège puis qu'elle est retombée. Elle dit : J'avais les jambes coupées. Elle dit que sa vie durant elle se retrouvera ainsi, privée de toute défense lorsque approcheront d'elle les traces de l'abandon. Elle dit qu'elle les reconnaîtra toujours. Dans le regard, l'expression, les gestes, les mots ; à des manifestations physiques propres à elle-même.

Elle dit que le dernier paysage qu'elle a vu de Leningrad, c'était la salle d'embarquement de l'aéroport. Les gens se pressaient, déposant ici et là des valises mal fermées, des cartons noués avec de la ficelle.

Elle s'éloignait à pied, vers l'échelle d'un appareil. De temps en temps, elle se retournait. Elle dit qu'elle était déchirée, elle dit qu'elle était en larmes, elle dit qu'elle aurait voulu dissimuler encore mais que la volonté lui manqua. Elle dit que son père et sa mère étaient collés à une paroi sale, parmi d'autres, se battant pour la voir encore, le plus longtemps possible, le plus loin possible, jusqu'au moment où elle a disparu sur la piste. Elle dit qu'elle se souvient d'eux, qu'elle se souviendra toujours. Ils s'étaient habillés chic, avec des chaussures bien brillantes, la mère maquillée mieux que d'habitude, le père soigneusement rasé, debout tous deux derrière les grilles, très droits, très dignes, mais brisés et ravagés, crânant de toutes leurs forces, défaits depuis des mois, mais pour elle, leur petite fille, avec le sourire et les falbalas des grands jours sans mensonges.

Elle dit que parfois, quand elle pense à ses parents, elle a peur et voudrait les revoir. Elle répète : « J'ai peur et je voudrais les revoir. » Puis elle se tait. Elle couche son visage dans son bras, elle ferme les yeux, immobile, comme si elle se défaisait d'un poids trop lourd. Luca ne parle pas. Il lui prend la main. Elle manifeste une imperceptible résistance mais finit par s'abandonner, et il enfonce sa paume dans sa propre poche. Il aimerait qu'il en soit ainsi pour toujours, pour toujours.

Elle parle encore de Leningrad. Elle décrit la perspective Nevski et son quadrillage électrique sur lequel s'accrochent les caténaires des tramways, le croiseur *Aurore*, ses trois cheminées, son canon géant dont est parti, en 17, la salve tirée à blanc annonçant la révolution d'Octobre. Elle ajoute qu'elle ne s'habitue pas aux couleurs, aux odeurs, aux architectures des villes continentales, que Piter, dans son souvenir, est comme un palais italien ouvert sur le Grand Nord, que sa brume paraît toujours légère, que jamais elle ne lira avec autant de bonheur que sous le ciel rose des nuits blanches, au mois de juin.

Ils vont près de la Seine – mais la Seine est si étroite ! –, suivent des rues bordées de façades sans couleurs. Elle confie qu'elle voudrait voir Londres et la Tamise, Vienne et le Danube, Rome et le Tibre. Luca comprend qu'elle cherche d'illusoires empreintes de sa ville, les teintes claires, vert d'eau, ocre, jaune tendre, qui bercèrent son enfance et, plus tard, son adolescence. Il comprend aussi qu'émigrer fut un arrachement en même temps qu'une noyade ; qu'elle fut enlevée à ses parents, plongée dans un monde dont elle connaissait seulement la langue, ignorant tout le reste, même son oncle et sa tante maternelle. « Lui, dit-elle, il est commerçant. Et elle, femme au foyer. Mon père est ouvrier-écrivain, et ma mère institutrice. Quel changement ! »

Il comprend enfin qu'une année ne l'a pas affranchie du souvenir contradictoire de cette ville. A l'instar des froids intérieurs rebâtis derrière des façades douces et pâles, la beauté des choses dissimule là-bas des rigueurs indéfendables. Luca en discerne les signes, et les conçoit comme autant de blessures. La pire de toutes est probablement liée à ce tutoiement qu'Anna se refuse à employer. En sorte qu'il ne sait comment faire avec elle, passe du *vous* au *tu* selon les instants. Il lui a pris le bras, puis la main, puis le cou, elle le vouvoie toujours. Elle se défend en arguant que dans son pays, à l'école, entre camarades, devant les membres du parti, dans la rue, chacun se tutoie, et que cette manière lui est devenue comme une poignée de main obligée dont elle préfère se passer puisque, désormais, elle peut choisir.

Elle ne supporte pas les gestes déplacés. Pour elle, un baiser dans la rue est un geste déplacé. Elle observe avec une surprise teintée d'effroi les couples s'embrassant dans les lieux publics, par exemple ses condisciples à l'université. Et lorsque Luca la serre contre lui, elle l'éloigne de ses deux poings fermés, pressés contre sa poitrine, disant : « On va nous voir, un flic va venir. »

Et regarde autour d'elle – mais la foule ici n'est pas comme la foule là-bas, et les militaires sont rares.

Elle témoigne souvent de vivacités imprévisibles, folies et fantaisies qui enchantent Luca, et, d'autres fois, de gravités qui l'impressionnent. Ainsi, elle dessine avec un sérieux qu'il ne prend jamais en défaut. Elle dessine sans cesse. Son sac contient un carnet de croquis qu'elle sort à tout moment, dans les cafés, l'autobus, au cinéma, pendant l'entracte. Elle trace des figurines abstraites dont les visages semblent inachevés tandis que la posture, la courbe du bras, l'angle de la main expriment ce que les traits dissimulent – le mensonge, la colère, la vanité, la générosité, la palette multiple des caractères.

Anna dit qu'elle travaille à l'œuvre d'une vie : « Un jour, je peindrai une fresque où l'humanité tout entière sera représentée. J'ai commencé très tôt, je finirai très tard. »

Elle ajoute que dans cette ville tant aimée où elle a grandi, cette ville désormais maudite car elle retient ses parents, elle n'a cessé de travailler à son projet. Il ne constituait pas une facilité mais une expression, une définition d'elle-même, un art. Enfant, elle ne se supportait ni ne s'aimait en dehors du papier sur lequel elle couchait ses couleurs, et c'est cela qu'elle mettait en avant, car elle n'avait rien d'autre à offrir. « Sans mes crayons, dit-elle, je n'aurais pas existé, je ne compterais pas. »

Elle hoche la tête, affirme encore, avec une gravité de petite fille : « De moi, je ne sais rien. Sauf ceci : je dessine pour survivre. »

Un soir, deux semaines après qu'il l'a raccompagnée pour la première fois, ils passent devant un Solex appuyé à un tronc d'arbre. Le Solex n'est pas attaché.

Ils gravissent la côte qui conduit au domicile de l'oncle de la jeune fille. Quand ils arrivent près de la résidence des cadres moyens, elle s'arrête soudain. Elle se tourne vers Luca. Elle paraît si perdue, si désespérée, qu'il sort la main de sa poche et la glisse contre la joue, sous les cheveux, serrant doucement la nuque de ses phalanges.

« J'ai oublié mon Solex ! » murmure-t-elle.

Il la dévisage, décontenancé.

« Je l'ai laissé au café, en bas.

– Un Solex ? »

Elle fait oui de la tête, sans le quitter des yeux.

« Tu as un Solex ?

– Mais oui ! »

Luca est stupéfait. Il répète : « Tu as un Solex ? »

Elle fait un pas en arrière. Un éclair de fureur passe dans son regard. Elle ferme les poings.

Il a un geste maladroit et laisse tomber l'échiquier. Ils cherchent les pièces, dans l'ombre. Puis, quand ils les ont toutes ramassées, ils descendent en direction du raidillon et l'empruntent l'un derrière l'autre, sans se soucier des voitures.

Ils arrivent près du café. Le Solex est toujours là. Luca abaisse le moteur sur la roue, pousse la tirette du starter, fait démarrer la machine et monte en vol. Freine. Elle grimpe derrière lui, sur le porte-bagages. Elle a placé l'échiquier sous son manteau. Il pédale pour prendre de l'élan, attaque la côte en force. Anna glisse les mains autour de sa taille. Il pédale. Il pense qu'elle est assise derrière lui, ses doigts appuyant sur ses hanches, et que s'il parvient au sommet de la côte sans poser le pied, il la gardera pour toujours.

« Allez-y ! » crie-t-elle.

Elle voudrait être plus légère. Le moteur peine, Luca est en nage. Les mains d'Anna n'ont pas quitté ses hanches. Il monte en danseuse. Plus ils grimpent, plus Luca pédale. Ils se taisent, désormais. Ils attendent avec inquiétude le sommet du raidillon. Quand ils arrivent enfin devant la résidence où vivent les cadres moyens, elle saute en marche et crie : « Arrêtez ! Arrêtez, maintenant ! »

Il coupe les gaz. Elle se tient devant la machine, affichant une moue un peu farceuse. Elle dit : « Le Solex, il n'est pas à moi. »

Il la regarde, décontenancé.

« On l'a volé. Je n'ai jamais eu de Solex. C'était un pari que j'avais fait. »

Il reprend péniblement son souffle.

« Un pari avec moi. Je ne peux pas vous le dire. »

Il ne répond pas. Il attend un instant, puis place le Solex dans le sens de la descente. Il le pousse. L'engin démarre. Anna le regarde s'éloigner. Elle pense qu'il est furieux, que ça n'a pas d'importance puisqu'elle a gagné son pari : il sera l'amour de sa vie. Mais Luca n'est pas en colère. Il parcourt quelques mètres, vire en faisant déraper la roue arrière, et revient vers Anna. Il s'arrête juste devant elle.

« Montez, dit-il.

– Mais le Solex ?

– On le garde. »

Elle ne bouge pas.

« On le garde, répète-t-il. A partir de maintenant, on dit qu'il est à nous. »

Vingt ans après, il se souvient du Solex. Il était noir, avec un phare rectangulaire et une bande rouge sur le cache-bougie. On le démarrait en le poussant, on l'arrêtait en actionnant une petite manette grise située sur le guidon, près de la poignée du frein avant, qui, libérée, servait d'accélérateur. Ce n'était pas le premier que volait Luca. Il en avait déjà eu un, découvert au fond du parking de la résidence où habitaient les cadres moyens. Peut-être est-ce en raison de cette pratique ancienne qu'il avait acquis une dextérité hors pair dans le maniement de la machine. Il n'était pas plus rapide que les autres en vitesse pure, mais, même quand Anna était assise à l'arrière, tantôt serrée contre lui, tantôt juchée en amazone, il était imbattable sur longue distance. Il regagnait dans les courbes le terrain perdu en ligne droite. Il négociait ses virages comme nul autre, le pied tendu sur le côté afin de rattraper les écarts de l'engin, souvent déporté par la roue avant qui supportait le poids du moteur. Luca était intrépide. Anna et lui passaient facilement, et en riant, là où leurs camarades freinaient pour conserver un équilibre précaire.

Le Solex compta beaucoup dans leur vie car il fut le premier objet qu'ils possédèrent ensemble, et aussi le premier qui leur fut retiré. Parmi cent bruits de moteur, Luca reconnaîtra immanquablement la pétarade de cette machine bizarre. Viendra un jour, un jour lointain, où cette pétarade lui sera odieuse car, l'entendant, il entendra aussi le rire d'Anna, reverra ses mains passées autour de sa taille, et, chaque fois, en dépit des invraisemblances, de toutes les impossibilités, il se retournera sur le passage du Solex afin de voir qui le conduit, si elle est brune, les cheveux libérés vers l'arrière, comme le sillage d'une image éternelle.

Ce ne sera jamais elle.

Ce sera toujours elle.

Elle, le matin, quand il l'attendait devant la porte verte et qu'elle arrivait, pas tout à fait éveillée, les yeux gonflés, encore emplis de sommeil, avec ses livres retenus par l'élastique croisé ; elle, qui disait « Bonjour Luca », avant de grimper à califourchon sur le porte-bagages.

Elle, les jambes tendues devant elle, ou, au contraire, repliées sous elle, jambes nues de jeune fille, sans bas ni collant, elle, parlant fort pour qu'il l'entende par-dessus le vent et le bruit du moteur.

Elle, faisant des pieds de nez aux chauffeurs acariâtres, s'écriant « Je ne sais pas nager ! » lorsqu'il passait dans une flaque d'eau, ou « Mon dos est cassé ! » quand il n'avait pas pu éviter un trou.

Elle, pédalant, alerte, pour vaincre un faux plat tandis que lui-même, le cul sur les montants du porte-bagages, déséquilibrait la machine en tentant de découvrir une position plus confortable.

Quand ils slalomaient entre les voitures, l'un riant, l'autre tendu sur le guidon.

Quand ils se hâtaient sous la pluie, poussant sur le levier du moteur pour qu'il colle à la roue.

Quand ils coupaient les gaz afin de gagner en vitesse dans les descentes.

Le jour où ils firent graver une plaque portant leurs deux prénoms, plaque vissée au centre du guidon.

Le jour où ils décidèrent de baptiser le Solex, Doubrovsky, elle lui fit lire Pouchkine.

Le jour où, devant recevoir un appel de ses parents, elle demanda à Luca de lui téléphoner tard, après. Il l'appela d'une cabine à une heure du matin, et raccrocha à trois heures. Il eut le sentiment de réparer ce que l'absence avait brisé.

Le jour où elle vint chez lui pour la première fois, quand elle se posa sur le pouf en cuir telle une invitée modèle, et qu'il ne sut comment agir pour ne pas agir comme avec les autres, les autres fois. Elle le comprit, se leva et sortit. Il la retrouva dans le jardin et ils franchirent la grille. Elle avait enfermé sa main sous son bras, mais ils étaient tristes. Ils aimaient cette tristesse.

Le jour où ils s'embrassèrent enfin, entre Louveciennes et Port-Marly, trois semaines après qu'ils se furent rencontrés dans la deuxième salle du café.

Anna conduisait, il se souviendra. L'automne perdait ses couleurs devant l'hiver. Les brun, ocre, noir humide devenaient blanc et salissures.

Ils revenaient d'une promenade en forêt. Il lui avait pris la main. Elle la lui avait laissée. Ils avaient marché dans le plus grand silence.

Au retour, Anna avait décidé de conduire. Il se tenait derrière elle, les doigts agrippés à la selle. Ils roulaient sur une ligne droite. Il y eut une courbe très ample. Anna déporta le Solex sur le bas-côté, l'arrêta et descendit tandis que Luca maintenait l'équilibre de ses pieds écartés.

Elle posa ses mains sur ses joues, plongea son regard bleu, bleu, dans le sien, puis ses lèvres s'approchèrent, et ils s'embrassèrent, yeux clos tous deux, respirant l'un en l'autre, exprimant par ce baiser ce qui, croyaient-ils, n'existerait plus jamais, avec nul autre homme, nulle autre femme, elle, légèrement penchée vers lui, et lui, le visage tendu, les mains sur ses hanches, comme un nuage sur le porte-bagages métallique.

Elle s'éloigna de lui, reprit sa place sur la selle, et le Solex glissa en silence, moteur coupé, en direction de la Seine.

Ils ne prononcèrent aucun mot jusqu'à chez elle. Et même là, au bas de l'immeuble où habitaient son oncle et sa tante, ils ne dirent rien. Elle descendit de la machine, il tint le guidon, ils se quittèrent comme ils se quittaient habituellement, mais, ce soir-là, il attendit qu'elle lui eût fait un signe depuis la fenêtre de sa chambre pour rentrer chez lui.

Le jour où elle le tutoya pour la première fois.

C'était un jeudi, une semaine avant Noël.

Ils se trouvaient devant l'un des étangs du Vésinet. L'eau était glauque. Quelques nénuphars apparaissaient çà et là, près du bord. Anna était agenouillée devant la rive. Elle appelait les grenouilles. Luca se tenait en retrait. Il regardait son amoureuse. Elle portait de longues chaussettes écrues à liséré vert, passées par-dessus un jean délavé ; une veste en laine épaisse, usée aux coudes, avec capuche ; le pull en mohair qu'elle avait la première fois.

Elle posa un doigt sur ses lèvres et lui fit signe d'approcher. Il s'agenouilla auprès d'elle. Elle lui montra une tache grise sur une tache verte, une grenouille posée sur un nénuphar. Le batracien et la plante le captivaient moins que l'expression d'Anna, attentive et bouleversée par ces deux petites choses auxquelles il feignait de s'intéresser. Elle était émue par la beauté de la nature, et lui par l'ingénuité qu'elle exprimait, un genou en terre, la main tendue vers l'eau, enchantée.

Lorsque la grenouille sauta dans la vase, il prit la jeune fille contre lui, l'embrassa dans le creux de l'oreille, et murmura : « Je t'aime, Anna, je t'aime. »

Elle se détacha, le regarda de ses grands yeux bleus, et répondit : « Je t'aime aussi, oui, je t'aime. » Puis ils partirent en courant le long de l'étang, main dans la main, en riant.

C'était la première fois que Luca disait cela à une femme. La première fois aussi qu'il se l'entendait dire à lui-même. Et lorsqu'il se le rappelle, qu'il se souvient encore de la voix d'Anna, parfois si grave, parfois si vive, il voudrait se lever, quitter le compartiment, marcher jusqu'au wagon-restaurant pour retrouver là-bas ce dont il rêve ici.

Mais il ne bouge pas.

Un soir, ils rencontrent Isabelle dans la rue. Avant même le premier propos, les deux jeunes filles se jaugent, échangeant un regard âpre et bref.

Luca les présente l'une à l'autre. Il est maladroit et gêné. Anna rit beaucoup de sa gaucherie, Isabelle dit : « Tu pourrais donner des nouvelles, quand même ! » Il acquiesce du bout des lèvres, se promet de le faire et jamais n'y songera.

Quand ils sont seuls, Anna murmure : « Tu as fait l'amour avec elle. »

C'est l'expression qu'elle emploie : Tu as fait l'amour. Elle ne dit pas, elle ne dira jamais : Tu as couché. Elle témoignait une grande pudeur dans le choix des mots se rapportant à cela, usant de vocables simples, comme si l'absence de toute crudité poétisait cet acte dont elle avait peur. Elle parlait de l'amour comme on en parlait parfois à cet âge : s'attachant plus aux serments et aux lendemains heureux qu'à la seule rencontre des corps.

« Tu as fait l'amour avec elle. Et si tu as fait l'amour avec elle, tu as peut-être fait l'amour avec d'autres. Nous ne sommes pas pareils. »

Jusqu'à la rencontre avec Isabelle, elle ne voulait pas. Ce n'était pas dit, c'était montré. Il avait droit au visage, au cou, aux épaules, et pas davantage. A condition, de plus, qu'il ne lui embrasse pas l'oreille trop longtemps, lobe et pavillon, que sa main ne se perde pas sous la bretelle du soutien-gorge, qu'il surveille bien son souffle, ne l'étreigne pas trop longtemps, surtout en bas, et que sa paume reste posée sur le dos, les reins éventuellement, les fesses en aucun cas, devant, jamais.

Quelques jours après la rencontre, elle dit : « Je n'ai pas envie, mais je veux bien voir. »

Le jeudi suivant, alors qu'ils se trouvaient chez lui, elle inspira un grand coup, ferma les yeux et posa d'autorité la main de Luca sur son sein. Le sein gauche, à cause du cœur. Puis elle fit ce commentaire : « C'est assez terrifiant, mais pas trop désagréable. »

Après, elle eut le plus grand mal à lui faire comprendre qu'il ne fallait pas franchir cette limite. Lorsqu'il insistait, elle s'écriait : « C'est tout de même étrange ! Je t'ai permis la poitrine, d'accord, mais est-ce une raison pour avoir tout ? »

Cependant, comme elle ne voulait pas le perdre, elle acceptait de le laisser faire, un peu, tout en jurant que non, et non, et encore non : pas tout.

Elle avait une poitrine attendrissante, un renflement

minuscule et des aréoles de jeune garçon qui gonflaient à peine sous sa main. Elle s'étonnait : « Mes seins montent entre tes doigts. Tu sais des choses. Ça ne me fait rien, mais où as-tu appris tout ça ? »

Elle disait qu'elle était moins bien qu'Isabelle, et il lui assurait qu'elle avait la plus belle poitrine du monde. Alors elle haussait les épaules, ravie, se détendait sous sa paume, et commençait entre eux le grand jeu des jeudis après-midi.

Ils s'embrassaient éperdument, sans cesse. Luca usait de patience, comptant sur le désir, l'alanguissement, l'oubli. Malgré lui, et il se le reprochait, il ne perdait jamais le sud, zone interdite. Sa main s'arrêtait longuement sur la poitrine, par-dessus puis par-dessous le soutien-gorge en dentelle, glissait jusqu'au plexus, semblait vouloir en rester là, en restait là le temps qu'Anna se détende, puis les doigts bougeaient, le pouce vers le haut, pour rassurer, le majeur à l'horizontale, et l'auriculaire le plus bas possible, pour tenter la chance.

Venait un moment où Anna abandonnait la bouche, remontait la main étrangère, reprenait la bouche, et Luca attendait quinze longues minutes avant de se lancer dans l'épreuve suivante, la même en plus lent, comme par hasard.

La première fois, la toute première fois, ce fut au *Jardin*, un jeudi après-midi. Il avait défait le chemisier, et elle attendait, allongée sur le dos, absolument immobile. Elle fixait un point au plafond. Il y avait dans son regard comme un lent égarement. Luca ôtait ses vêtements avec une grande patience tout en lui caressant le visage, ne cessant pas de la rassurer par le geste et la parole.

Il se rappelait qu'elle n'avait pas bougé, ou si peu, et que lorsqu'il s'était dégagé d'elle, son regard errait toujours au plafond, sa bouche frémissait légèrement, et elle pleurait en silence.

Il ignorait si les larmes étaient provoquées par la douleur, l'émotion ou le sentiment diffus d'une humiliation dont il était la cause et qui créait en lui une culpabilité qu'il n'avait éprouvée ni avec Isabelle ni avec aucune autre.

Elle avait fini par lui prendre la main, et les larmes s'étaient taries, et elle s'était levée d'un mouvement brusque, et jamais ils n'avaient parlé de cette première fois. Il se souvenait parfaitement du mouvement, comme un ciseau, une bascule des hanches suivie par un jeté des jambes, une rotation très rapide qu'il lui avait déjà vu faire lorsqu'elle grimpait à califourchon sur le Solex. Ce geste était exactement l'inverse de celui qu'elle accomplissait quand elle s'abandonnait, le cou enfermé dans sa main. Luca y lisait une manière de conjuration.

Après cette première fois, ils passèrent encore bien des après-midi dans la maison du *Jardin*, allongés sur le lit. Elle se prêtait à ses caresses sans trop de réticence. Lorsqu'il posait la main sur sa poitrine, elle s'écriait, gentiment exaspérée, « Encore ! », laissait faire, acceptait sa paume sur l'épaule, le dos, le ventre, pas toujours, hélas, où elle voulait aller. Alors elle se dégageait avec douceur, disait « Pas aujourd'hui », se serrait contre lui pour l'étreindre et le maintenir prisonnier.

Elle ne savait pas s'abandonner à la montée lente du désir, effeuiller le corps de Luca de ses vêtements ou se laisser mettre à nu par lui, dans la calme précipitation des gestes d'amour. Elle fermait les paupières, crispait les poings le long du corps, et se murait en elle-même. Elle ne prenait pas d'initiatives, ne le caressait pas. Après, elle se blottissait contre lui, repliée en chien de fusil, les genoux touchant son torse. Il semblait à Luca qu'en ces instants elle laissait percevoir une fragilité semblable à celle qu'elle exprimait lorsqu'elle rejetait la nuque vers l'arrière, laissant échapper un souffle triste et profond.

Ce qu'il ne savait pas, c'est que ce qu'il prenait pour des pudeurs, des craintes, des gênes étaient les cicatrices d'une blessure de petite fille. Quand Anna, allongée dans sa chambre, entendait, derrière la cloison de bois, les mots et les gémissements de ceux d'*à côté* (qui ne pouvaient bien entendu être ses parents mais plutôt les locataires qui partageaient l'appartement communautaire). Quand, ignorant encore quel acte ces bruits trahissaient, elle imaginait des fantômes, des trolls, des monstres approchant d'elle, et quand, s'endormant enfin, elle gémissait à son tour, enfermée dans ses cauchemars.

Longtemps encore, Luca se souviendrait de ses peurs, de ses confidences, de ses fragilités. Il se rappellerait qu'elle était tendre, modérément sensuelle, parlant peu de ces choses-là, qui ne constituaient pas un langage essentiel entre eux. Sa mémoire conserverait d'elle le souvenir d'une adolescente encore inexperte, charmante, un peu timide, douée, donc, des particularités de cet âge-là, ou du moins des particularités qu'on imagine, lorsque l'amour s'écrit avec un grand A et ses déclinaisons en minuscules. Peut-être se trompait-il. Mais chaque fois qu'il évoquait leurs jeudis après-midi, ou qu'il pensait à Anna et à lui-même dans la chambre du *Jardin*, il éprouvait un regret mélancolique, moins celui qu'entraîne inéluctablement le passage des années que la douleur ténue, fragile, d'une perte dont on ne se remet pas.

Nuit. Le train s'est arrêté en gare de Poznan. Des voyageurs sont passés dans le couloir. Luca est resté allongé sur sa couchette, regardant le balai des lampistes sur le quai. Une voix éraillée a annoncé deux minutes d'arrêt. Il n'a pas bougé. Bientôt, une crainte diffuse s'est insinuée en lui. Il s'est demandé s'il résisterait, s'il résisterait longtemps, si elle descendrait, s'il la suivrait, et, finalement, il est allé à la fenêtre pour regarder. Il a baissé la vitre, il s'est penché. Trois voyageurs marchaient vers les escaliers. Le train formait comme une conque étendue en amont. Les voitures étaient de couleur verte, avec une bande jaune et une inscription en caractères cyrilliques sous la bordure du toit.

Un homme descendait non loin. Il posa sa valise sur le quai, tendit la main, Luca vit une autre main, gantée lui sembla-t-il, et une femme rejoignit l'inconnu. Celui-ci reprit la valise. Le couple disparut dans la brume.

Il se demanda si elle était accompagnée. Sous quel nom elle voyageait. En quelle ville d'Europe ils se sépareraient. S'ils se croiseraient une nouvelle fois, au wagon-restaurant ou ailleurs. Si elle le reconnaîtrait.

Il aperçut une silhouette, très loin. Elle venait dans le sens inverse à la marche du train. Un chariot motorisé approchait de l'autre côté. Il se pencha un peu plus. L'air glacé le cueillit en plein visage. Il se pencha encore. Le train s'ébranla doucement. La femme portait un long manteau de fourrure blanche. Elle tenait un sac de voyage dans la main droite. Son visage était masqué par l'ombre de la nuit.

Le train prit de la vitesse. Luca se cramponnait des deux mains au rebord de la vitre. La moitié de son buste portait à l'extérieur. Une fraction de seconde seulement avant l'instant où ils auraient pu se croiser, la voyageuse obliqua vers la droite pour céder le passage au chariot. Luca ne vit pas ses traits. Il essaya de se contenir mais, comme le train accélérait, il cria : « Mademoiselle ! »

Le chariot ferma le paysage. Il tourna la tête vers la droite, désespérément. Et la dernière vision qu'il eut de la gare de Poznan fut celle d'un employé des chemins de fer portant une casquette rouge, regardant dans sa direction puis derrière lui – avant d'être absorbé à son tour par la distance et le brouillard.

Il referma la fenêtre et s'assit sur la banquette inférieure. Une veilleuse orangée diffusait une pâle lueur qui se reflétait doucement sur le cuivre du lavabo et les boiseries du compartiment. Il avait choisi de voyager dans ce train russe au luxe suranné, qui convenait mieux que l'avion au repos dont il avait besoin et au travail qu'il avait prévu d'accomplir. Chaque fois que cela était possible, il s'immergeait dans un lieu absolument clos où rien ni personne n'était susceptible de le troubler. Il n'ignorait pas que le voyage aurait dû être différent, qu'il comptait ordonner les notes prises à Saint-Pétersbourg, revoir les lieux qu'il avait repérés pour son film, comparer les photos des maisons, des campagnes, des comédiennes... Cela s'était passé autrement. Il avait dîné au wagon-restaurant, voilà tout. Son esprit était ailleurs. Son esprit resterait ailleurs.

Il tira la porte du compartiment. Le couloir était désert. Les arbres filaient en face. Il y eut la masse noire d'une ferme, les phares d'une auto arrêtée derrière un passage à niveau, puis le train accéléra encore, plongeant dans la nuit sans formes.

Il remonta le couloir. Ses chaussures s'enfonçaient dans une moquette épaisse dont il ne distinguait pas les dessins. Les compartiments se succédaient, tous abrités derrière des tentures closes. L'ordre, impeccable, dissimulait l'extraordinaire abandon du sommeil. Il imagina la jeune fille derrière l'une de ces glaces obscurcies, enveloppée dans une longue chemise de nuit ornée d'un fin liséré de dentelle blanche, sur le flanc sans doute, respirant doucement, une main sous la joue, l'autre tendue sur le côté du corps, le poignet libéré, la paume ouverte. Et Luca entrait, la surprenait dans cette phase plus fragile et plus intime qu'aucune autre, lorsque le regard s'ouvre sur un nouveau jour. Il serait devant elle, et elle le verrait d'abord avec l'œil désarmé de qui s'éveille, puis le regard s'habillerait d'humeurs, marquant l'incrédulité, le désarroi, le bonheur et, peut-être aussi, la colère.

Le contrôleur se trouvait à l'extrémité de la troisième voiture. Il regardait la nuit, le front collé à la glace. Luca toussa légèrement et dit Bonjour. L'autre répondit Bonsoir.

« Vous êtes français ? »

Il acquiesça. C'était un jeune homme affublé d'un uniforme foncé. Il tenait sa casquette à la main. Son pantalon, trop long, trop large, flottait sur le torse et au bas des jambes.

« Vous ne dormez pas ? demanda Luca.

– Si. Vous voyez bien que je dors. Je dors debout, et je parle en même temps. Ne me réveillez pas, s'il vous plaît. »

Luca ne savait comment s'adresser à lui. Ce qu'il avait à lui demander était aussi incongru que la réponse qu'il venait d'entendre à propos d'une question au demeurant stupide.

Le contrôleur s'appuya des deux mains à la rambarde, et Luca regarda lui aussi en direction de la campagne. Des collines basses se profilaient au loin, coupées sur leur crête par un rayon de lune.

Ils restèrent ainsi de longues secondes. Luca éprouvait un malaise grandissant. Comme le train s'engageait dans une courbe très large, l'homme dit : « Je suis contrôleur épisodique. Je fais du théâtre à Saint-Pétersbourg. En ce moment, je répète *Boris Godounov*. Mais je ne dors pas.

– Pourquoi portez-vous l'uniforme ?

– Il faut bien gagner sa vie.

– Vous la gagnez comme contrôleur ou comme acteur ? »

L'homme se décolla imperceptiblement de la glace.

« Je fais office de contrôleur entre Paris et Saint-Pétersbourg, puis entre Saint-Pétersbourg et Paris. Comme le train reste quatre jours en Russie, je suis acteur pendant ce temps-là. Je joue *Boris Godounov*. Le rôle de l'imposteur. » Il se tourna vers Luca. « Vous désirez une femme ? »

Luca ne répondit pas.

« Les hommes qui m'abordent la nuit, c'est toujours pour trouver une femme. »

Luca grommela quelques mots inaudibles. Le contrôleur ne le quittait pas des yeux.

« Excusez-moi, dit-il.

– Il n'y a pas de mal. »

Luca tourna les talons. Son compartiment était loin, trop loin. Il souhaitait s'y abîmer, se perdre encore dans les méandres de son propre voyage.

Il n'avait pas lu *Boris Godounov*.

Luca ferme les yeux et laisse aller son visage. Il murmure doucement ce nom Anna Anna Anna, comme une interminable scansion. Il se souvient d'un poème d'Ossip Mandelstam qu'elle lui lut après leur retour de Londres :

Tes frêles épaules rougiront sous les fouets,
Rougiront sous les fouets, brûleront dans le gel.
Tes mains d'enfant soulèveront des fers,
Soulèveront des fers et tresseront des cordes.
Tes tendres pieds iront nus sur du verre,
Iront nus sur du verre dans le sable sanglant.

Il récite les vers pour lui-même, et il revoit la moue qu'elle affichait alors, la tête basse, les yeux clos. Il entend sa voix se perdre dans les brumes d'une sinistre prédiction, et elle vient près de lui, penchée à son côté sur leurs désirs anciens. C'est comme s'il glissait sa paume entre les cheveux et la joue, l'index au contact du lobe fragile, la peau touchant cette autre peau à l'angle le plus intime du visage.

Puis il s'endort, d'abord assis sur la banquette, le dos appuyé aux boiseries. Plus tard, promené entre les voiles sales d'un demi-sommeil, il s'étend sur la couchette, le visage enfermé au creux des bras.

Le sommeil lui est une petite mort. Souvent, il repousse aussi loin que possible l'instant où il s'abîmera entre les draps puis, quand il y est, il cherche un prétexte sur quoi caler ses songes, et il y va, aussi vite, aussi profondément que possible.

Il n'aime dormir que lorsque, assailli par les tourments, rien ne peut le soulager sinon le vide de la somnolence. Il redoute alors le réveil, plus précisément l'instant qui succède inévitablement au flou de l'émergence, quand les fils dont on s'était libéré vous emprisonnent de nouveau, comme un étranglement.

Ou encore, dormir auprès d'une femme après s'être vidé de toute énergie en elle et avec elle, la pensée se noyant définitivement dans l'accomplissement. L'amour est un remède aux vilaines actualités. Rares cependant sont les femmes auprès de qui il parvient à trouver le sommeil. Il les tient contre lui jusqu'au moment où, incapable de différer l'instant de la solitude, il se défait de leurs bras et de leurs jambes, de leur peau et de leur souffle, se tourne vers un coin de mur qui lui renvoie le noir de la nuit, ni parole ni murmure, et il ferme les yeux sur les natures mortes de ses paysages.

Ou encore, pour épuiser le temps jusqu'au moment de l'ensevelissement, il cherche de quoi étaient composés ses paysages naguère, et défilent, suivant la courbe des âges, les autos d'un petit garçon, mais il ne les retrouve pas, un jardin à la campagne, le Leica de son grand-père, le premier grand amour d'une vie, puis les autres, jusqu'au dernier – celle qui dormirait de l'autre côté, enveloppée dans sa chevelure rousse, Valérie, son corps touchant le sien en une complicité départagée, sur le matelas de leurs songes solitaires.

Ou encore, il voyage dans ce train, à demi assoupi, attendant du sommeil qu'il supprime toute mémoire, que passe sa jeunesse, et ainsi, épuisé, il s'abandonnerait à la conque de ses bras, semblable au demi-cercle que formait le train en gare de Poznan lorsque le chariot lui a dissimulé le visage d'une femme qui, peut-être, était l'ombre d'Anna.

Ou encore, tandis que se juxtaposent les unes aux autres des images de plus en plus informes, comme une spirale tournoyante qui l'aspire, voici qu'une porte s'ouvre et qu'aussitôt dressé sur un coude, il demande : « Que se passe-t-il ? »

A quoi une voix aigrelette répond : « C'est pour la femme. »

Luca se redresse, incapable de savoir s'il a dormi, et combien de temps.

« Quelle femme cherchez-vous ?

– Aucune. Je vous remercie. »

Le comédien-contrôleur se tenait les deux mains appuyées au chambranle, bras tendus, comme un épouvantail.

« Je dormais, dit Luca pour s'excuser.

– Il n'y a pas de mal. J'ai eu quelques remords... »

Le jeune homme entra dans le compartiment, referma la portière et se laissa tomber sur la banquette, côté couloir.

« Je peux m'asseoir ? » Il étendit les jambes devant lui. « Et fumer ? »

Il alluma une cigarette. Au-delà de la vitre, loin, les collines blanchissaient imperceptiblement. La lune passait et repassait entre des nuages effilochés comme un tissu. Luca n'avait plus sommeil. Il se demandait si elle était encore dans le train, seule, allongée ou assise, le visage rejeté vers l'arrière, avec ce soupir un peu désespéré sur la pointe de la langue.

Le comédien dit : « J'ai vu tous vos films. J'en aime certains, et d'autres pas. »

Luca esquissa un geste signifiant qu'il ne souhaitait pas parler de cela. L'autre attendait. Il tirait doucement sur sa cigarette.

« Vous vous ennuyez tant ? demanda Luca.

– Trente-cinq heures de voyage, c'est quelques-unes de trop... »

Ils longeaient d'immenses cimenteries gris-blanc éclairées par des lampadaires et des projecteurs orientés vers le haut. Les traînées de fumée se perdaient dans le ciel noir. Les bâtiments faisaient songer à de longs squelettes d'animaux préhistoriques. Luca s'était fait la même remarque la première fois, vingt ans auparavant, lorsqu'il travaillait sur le premier scénario.

Il regarda le comédien-contrôleur et dit : « Je prépare l'adaptation d'une nouvelle de Pouchkine, *La Tempête de neige*.

– Je la connais. Elle est contenue dans *Les Récits de feu Ivan Pétrovitch Bielkine*. »

Luca fut exaspéré par le doute qu'il lisait dans le regard du jeune homme. Lui-même avait tant hésité ! Cent fois, mille fois, il avait tenté de se persuader, dans les instants de grand découragement, qu'il avait accumulé trop d'idées, trop de bribes, descriptions, répliques, décors, jusqu'au début du scénario, pour abandonner un travail qui lui tenait tant à cœur.

Il dit : « Mes repérages sont finis. Je reviens de Saint-Pétersbourg... J'ai obtenu l'autorisation de tourner dans une maison que Pouchkine habita en 1831, près de Poulkovo...

– A Tsarskoïe Selo ?

– Oui. »

Il lui avait fallu trois voyages et cinq ans de négociations pour obtenir cette autorisation. Il aurait pu filmer la maison de l'héroïne n'importe où ailleurs, peut-être même en France, mais il avait toujours voulu que sa *Tempête de neige* fût tournée à Saint-Pétersbourg ou dans ses environs immédiats, non loin de la ville où Anna était née. Sans doute était-ce sa manière de rendre hommage à la jeune fille, autant parce que, directement ou indirectement, elle était l'instigatrice du projet, que pour se libérer lui-même par la *représentation* d'une histoire douloureuse car sans fin, sans suite et sans espoir.

Le jeune homme suivit une volute de fumée qui se perdit au-delà des couchettes supérieures.

« Et pour la fille ? demanda-t-il.

– Il n'y a pas de fille, répliqua sèchement Luca.

– Décrivez-la-moi. »

Il observait Luca avec un regard empreint d'une légère ironie.

« Elle a des cheveux châtains et longs. Une robe et un châle noirs.

– Ce n'est pas suffisant.

– Je n'en sais pas plus.

– Pas même l'âge ?

– Pas exactement.

– Elle est grande ?

– Un mètre soixante-huit, lança-t-il presque au hasard.

– Comme toutes les femmes, répondit le jeune homme... Son nom ?

– Elle s'est peut-être mariée depuis... »

Il le donna néanmoins.

« Il faut que je réfléchisse, dit le jeune homme en passant une main sur son front. C'est elle et aucune autre ?

– Aucune autre, confirma Luca.

– Ce sera long. Il y a beaucoup de voyageurs dans ce train.

– Peut-être est-elle descendue à Poznan.

– Alors ce sera plus long encore. »

Luca jeta un coup d'œil dérobé au jeune homme. Il lissait précautionneusement les jambes de son pantalon.

A l'extérieur, la lune disparut derrière un nuage qu'elle colora de l'intérieur, formant une tache plus claire sur un fond d'embruns. Un sourire vint à Luca.

« Je me rappelle encore qu'elle avait une tache blanche, minuscule, sur la lèvre supérieure.

– Ce ne sera pas commode.

– Comme un dessin de lait. Une petite étoile à peine discernable. Elle est très belle, ajouta-t-il après un bref silence. Très émouvante.

– Vous n'avez pas vu cette femme depuis combien de temps ?

– Ce matin, au wagon-restaurant.

– La tache n'y est peut-être plus. »

Le jeune homme décroisa les bras, se leva, esquissa un vague salut de la tête et répéta : « Je vais réfléchir. »

Il quitta le compartiment et remonta silencieusement le couloir.

Luca referma la porte et s'allongea sur la couchette.

Ou encore, étendu à plat ventre, le visage collé à un oreiller blanc comme à la glace de souvenirs très anciens, il distingue le visage d'une jeune fille, son sourire, l'incarnat de ses lèvres, nuancé par une marque très pâle, semblable à une entaille ciselée sur un plâtre fin.

Oui, elle avait cette marque d'une rare délicatesse sur la lèvre supérieure. Il la découvre un soir qu'ils se retrouvent dans l'arrière-salle du bistrot où il vient de jouer aux échecs. Il lui dit qu'elle a comme une étoile éclatée sur la lèvre. Elle rit. Il répète : « Mais tu as une tache sur la lèvre ! »

Elle lui prend la main et demande : « Quelle importance cela a-t-il ?

– Tu t'en fous d'avoir une tache sur la lèvre ?

– C'est délébile ou indélébile ? »

Il attire son visage contre le sien, l'embrasse, avec la langue. Puis s'écarte et observe.

« Indélébile. »

Elle finit son café et se lève. Il croit qu'elle va se diriger vers une glace et regarder son visage. Mais elle enfile son manteau et demande : « On s'en va ? »

Dans la rue, elle lui prend le bras.

« Tu auras cette tache toute ta vie, et tu ne la remarques même pas ! »

Elle s'arrête, se campe face à lui, ferme les yeux et lui touche le visage de l'index.

« Ici, tu as un grain de beauté. Et là, un autre. Une griffure sous l'arcade sourcilière, une petite tache derrière le lobe de l'oreille... Tu le savais ? »

Elle ouvre les paupières, reprend son bras, et ils marchent sur le trottoir. Luca se demande si, en fermant les yeux, il pourrait lui aussi dessiner le visage d'Anna. Il a oublié la tache sur la lèvre.

Ce soir-là, il la conduit dans la boîte de Saint-Michel où il se rend parfois. Jusqu'alors, il n'a jamais éprouvé le désir d'y être avec elle. Peut-être parce que c'est là son endroit le plus secret. Peut-être aussi parce qu'il n'ignore pas qu'Anna sera déplacée en ce lieu. Mais il veut lui faire découvrir cet univers-là.

Lorsqu'il s'arrête devant la porte percée d'un vasistas grillagé, elle se cabre brusquement. Elle demande : « Où allons-nous ? »

Il répond : « Écouter de la musique. »

On les fait entrer. Le bruit les saisit, puis les flashes lumineux, les danseurs sur la piste. Luca entraîne Anna jusqu'à une table éloignée. Elle s'assied. Il se place face à elle et pose ses mains sur les siennes. Elle les retire. Elle observe la piste avec une expression fermée qu'il ne lui connaît pas.

Un garçon passe. Luca le hèle, commande une vodka sur glace. Demande à Anna, qui ne répond pas.

« Deux vodkas. »

Le garçon s'éloigne. Pour la première fois depuis

qu'ils sont entrés, Anna dévisage Luca. Elle demande : « Alors tu viens dans des endroits pareils ?

– Certainement », répond-il sur un ton neutre.

Il comprend qu'il se trouve dans ce no man's land intermédiaire qui va de la paix à la guerre. Sans doute lui suffirait-il de faire trois pas de côté, ceux qui les conduiraient de cette boîte à la rue, pour retrouver le terrain très lisse de leurs complicités habituelles. Mais il ne le souhaite pas. Anna, statufiée non loin des danseurs, petite fille impeccablement propre au milieu de ces rocks électriques, Anna lui paraît ridicule. Il a raison, elle a tort. Il ne reconnaît pas, il ne reconnaîtra jamais une faute qu'il n'a pas commise.

« Tu viens souvent ?

– Oui.

– Et tu aimes ces endroits ?

– Beaucoup. »

Elle recule légèrement sa chaise.

« Tu es venu ici depuis qu'on se connaît ?

– Une fois.

– Pour danser ?

– Pour écouter de la musique.

– Et c'est tout ?

– Je ne comprends pas.

– Qu'est-ce que tu trouves à cet endroit ? »

Il montre la piste, dit : « Ça », montre le bar devant lequel une grappe de jeunes gens rient, dit : « Ça », montre le jeu des lumières qui virevoltent, fixent puis oublient un visage, dit : « Ça », montre le garçon qui dépose deux vodkas sur le plateau de leur table, dit : « Lui. »

Il choque son verre contre celui d'Anna.

« Je ne boirai pas. Ton monde n'est pas le mien. »

Il avale sa vodka d'un trait.

« Ni mon père, ni ma mère, ni moi ne sommes jamais entrés dans de tels endroits. »

Elle lance le bras en direction de la piste : « On ne sait pas danser. »

Elle le dévisage. La colère agrandit son regard. Elle reprend : « Chez nous, on chante, on ne danse pas. »

Ils s'observent sans prononcer un mot. Puis elle fait le geste. Couche sa joue dans sa paume, rejette le visage vers l'arrière et inspire profondément. En une seconde, les défenses de Luca s'affaissent.

« C'est idiot », murmure-t-il.

Il tend la main vers elle, mais elle se lève brusquement. Ils se regardent, elle debout, lui assis. Puis elle fait demi-tour et file vers la sortie. Il ne bouge pas.

Il boit la vodka laissée par Anna, en commande une autre, une autre encore. Il l'imagine dans les rues. Cherchant sa route sur le plan de métro de la station Saint-Michel. Seule dans une voiture de seconde classe. A la gare Saint-Lazare. Il pense que l'histoire, peut-être, s'est achevée là, au coin de son territoire.

Il rejoint les danseurs sur la piste. Les spots sont comme des fulgurances à travers lesquelles apparaît le visage d'Anna. Il hausse les épaules.

Plus tard, dans les rues vides et noires des dimanches

soir, il pense à elle, à son corps, à la position de son corps contre le sien. Ainsi, lui dit-il, par-devers soi : Ma main serrant fortement ta nuque, comme une poigne, ton visage dans mon épaule, ton bras dans mon dos, et ma paume caressant tes hanches, t'apaisant jusqu'au sommeil.

Il a cette image d'elle.

Dans le train qui l'emporte vers sa banlieue, il se mure dans une carapace où, croit-il, elle ne l'atteindra pas. Il se répète : C'est fini c'est fini. Mais bientôt, lui viennent d'autres désirs. Et il espère la voir sur le quai. Sur le chemin du *Jardin*. Endormie au creux de son matelas.

Mais elle n'est pas là.

Indélébile, songe Luca en s'abattant sur le lit.

Quand il s'éveille, sa main la cherche en vain sur le matelas. Il est en manque de son corps.

A cinq heures, il sort. Les arbres bruissent sous un vent mauvais. Il suit rues, avenues, trottoirs, passe non loin de chez elle, ne regarde pas, se perd dans la résidence des cadres moyens, s'arrête dans un bistrot, boit un thé au comptoir, cherche une raison pour frapper chez elle. Il pourrait vouloir un livre, le Solex, mais c'est n'importe quoi, il le sait.

La pluie tombe. Ses cheveux ruissellent quand il pénètre dans l'arrière-salle du café. Il s'assied près des fenêtres, côté joueurs, feint de s'absorber sur un échiquier dont les pièces n'ont pas été retirées, trois coups du mat, la dame en d8, le pion en b6, un fou sur la ligne des tours, le roi est pris.

Elle arrive à sept heures. Il esquisse un geste vers elle, mais elle le regarde à peine et va s'asseoir à une table éloignée. Sort son bloc et commence de dessiner. Elle a le visage incroyablement fermé. Elle est très pâle. Il semble à Luca que sa main tremble légèrement sur la feuille. Pour une raison qu'il ne s'explique pas, il pressent confusément autre chose, autre chose qui n'est pas lié à leur seule histoire. Il l'observe à la dérobée. Songe que lorsqu'elle aura achevé son dessin, elle se lèvera et le rejoindra. Et les minutes passent, elle a changé de feuille, ne s'est pas levée, c'est comme s'il n'existait pas. Elle se penche, ouvre son sac, range son bloc, et il l'attend, il est sûr que maintenant elle va venir ; il repousse le jeu d'échecs à l'extrémité de la table afin qu'elle y pose la main. Mais elle glisse son sac sur l'épaule, quitte sa place et, sans un regard pour lui, disparaît par la porte de la première salle.

Luca ne bouge toujours pas. Ses jambes sont de plomb, il a mal au ventre. Ses énergies, aussi farouches qu'éphémères, se diluent au creux de la poitrine, comme un sucre dans une eau chaude.

Il lève la tête. Un homme se tient debout, devant la table. Luca reconnaît la chevelure argentée, la pochette, l'œil bleu, immobile et glacé des banquises sans âme. C'est l'homme du premier jour. Celui avec lequel il s'est mesuré le soir de la rencontre avec Anna.

« Vous jouez ? »

L'homme a posé les mains sur la table, et il attend.

En une seconde, Luca pense : « Si je gagne, je gagne Anna. Si je perds, je perds Anna. »

« D'accord », dit-il.

Pour lui-même, il précise la règle : « Si je gagne, je gagne Anna, mais je ne joue plus ; si je perds, je perds Anna, mais je joue encore. »

L'autre s'assied. Il prend deux pions, l'un noir, l'autre blanc. Il les dissimule derrière son dos et demande : « Quelle main ?

– La gauche », répond Luca.

Les doigts de sa main gauche se promènent doucement sur le tissu de la banquette. Il est la proie d'une très ancienne sensation. Il lui semble être pris dans un voile ouaté, d'un confort extrême, en noir et blanc. Il pourrait se trouver dans un café, comme naguère. Et comme naguère, il pourrait s'abstraire de toute conversation, oublier un poêle qui fumerait au centre de la pièce, un juke-box qui jouerait du Cat Stevens ou du Bob Dylan. Oublier Anna. Oublier ce qu'il va perdre. Et s'abandonner à ce bonheur très pur qu'il n'a plus éprouvé depuis vingt ans et que sa main gauche retrouve, sur la banquette, en ce petit matin, alors que Paris approche.

Luca regarde ses doigts. Il sourit fugitivement et, pour lui-même, énonce : e2-e4, e7-e5, g1-f3, b8-c6. La main gauche se déplace comme elle le ferait sur un échiquier, calquant les gestes anciens. Et Luca la laisse aller, tout entier à cette magie dont il s'est volontairement privé, se mutilant pour toujours après avoir joué l'ultime, mais la plus belle partie de sa vie.

Il hérite des noirs. Son partenaire paraît sincèrement désolé. Alentour, quelques joueurs approchent et font cercle autour de la table. Ils connaissent Luca. L'autre n'est pas des leurs.

Blanc pousse le pion du roi, deux cases en avant. Chacun se prépare à une partie italienne, française, à un gambit du roi ou tout autre début classique. Mais Luca ne l'entend pas ainsi. Il joue le cavalier en f6, démarrant sur une variante de la défense indienne. Remous dans la salle. Blanc jette un regard sur son adversaire, et, après un petit haussement d'épaule navré, se protège tout en affermissant la position du centre (d3). Les spectateurs attendent de Luca qu'il joue une variante de la défense Alekhine. Tous sont pris de court lorsqu'il pousse le pion c7 en c5.

Anna. Anna devant l'étang.

Et tous s'interpellent du regard. De nouveaux venus se joignent au cercle.

Blanc consolide le centre par f2-f4, et dévisage Luca avec une pointe d'ironie.

B8-c6. Luca a posé ses mains sur la table, à plat. Il joue à l'écart, délaisse la ligne du centre, distribue ses pièces maladroitement. Comme au début. Quand elle le vouvoyait et qu'ils se cherchaient. Avant le Solex.

Au septième coup, Blanc roque. Son adversaire suit.

Le roi noir est protégé par un cavalier, un fou, une tour et trois pions formant triangle. La défense de Luca est solide. S'il ne commet pas de faute, elle est même inattaquable. La partie sera longue. Leur histoire aurait dû être longue.

Blanc propose un échange de pions que Noir esquive, préférant déplacer son roi sur la diagonale du fou. Il a le temps. On ne perd pas l'amour de sa vie en trois passes. S'il doit en finir ici, que la partie soit belle ! Qu'on s'en souvienne !

Il regarde Blanc.

Blanc s'enferme dans un temps d'observation très long au terme duquel il prend un pion noir et une position, laquelle est aussitôt subtilisée, mais, contrairement à ce qu'il attendait, par la dame et non par le cavalier. *Moi, je suis née à Leningrad.* L'accent. L'accent de son grand-père. Son regard, sa chevelure, sa main posée sur son cou. La tache sur sa lèvre. Un éclat d'étoile.

Blanc touche la chaîne de sa montre. Il jette un bref coup d'œil vers le public, puis en direction de Luca qui, imperturbable, observe le plateau. Quatre pièces sont en prise : deux cavaliers, un fou, une dame. Blanc monte ses pièces en appui du nœud qui se forme. Noir, également. Ils se disputent le centre gauche de l'échiquier, mais sans affrontement direct, comme s'ils préparaient une offensive à venir. *Demain, on se dira d'autres choses.*

Au dixième coup, Blanc ramène sa dame, Noir la

sienne, puis chacun replie ses cavaliers : le nœud s'est défait, la salle souffle, on entend craquer une lame de parquet. Luca n'a pas bougé. Anna entre dans le café. Luca soulève la main gauche, la laisse en suspension quelques secondes, puis l'abat sur le cavalier et remonte en ligne. Aussitôt, repose sa paume sur la table et attend. *Je suis contente que ce soit provisoire.*

Blanc est surpris. Il cherche, suppute, laisse passer une minute, puis deux, à la troisième, fauche le pion d4, n'a pas le temps de comprendre que déjà la main gauche de Luca s'est à nouveau déplacée, s'emparant de la case d5.

Le matin, devant la porte verte, ils se jettent l'un contre l'autre, et il murmure : *Je suis fou de toi*, et elle répond : *Je suis folle de toi.*

Anna se tient debout, non loin. Elle ne bouge pas. Tous les consommateurs sont tournés vers la table. Elle regarde, elle aussi. Pour les autres, Noir joue vite et précisément. Nul ne serait capable de décrire davantage que des gestes, d'évaluer une concentration. Anna, elle, voit tout. La paupière de Luca bat imperceptiblement, comme s'il jaugeait une menace. Il est grave, incroyablement tendu. Elle sait qu'il est la proie d'un tourment intérieur, d'un bouleversement considérable de ses énergies.

Blanc lâche sa pièce en b5. De la main droite, Noir déplace sa dame en d7, Blanc replie la sienne en f3, Noir prend b3, Blanc prend b6, Noir prend b4, Blanc positionne son cavalier en c3, Noir bloque la ligne de la tour-dame, Blanc se tasse un peu sur son siège, Luca, alors, voit Anna.

Il ne cille pas. Elle ne lui adresse pas un signe. Ils se regardent au-delà des visages et des silhouettes, un bref instant, puis il revient au jeu. Jamais encore elle ne lui a vu cet œil éclatant, exprimant une force qui lui est étrangère, un désir fou.

Anna s'approche. Personne ne prend garde à elle. Blanc attaque le pion du centre, accepte l'échange proposé par son adversaire, perd un pion et en prend un

Quand il suit sa joue, du maxillaire au menton, la paume bien à plat sur la peau. Quand elle appuie sur sa nuque de l'index seul, quand elle croise leurs mains, disant *Nous, on s'aime*, quand il lui baise la bouche, et l'aile du nez, la pommette et la paupière, quand elle parle de ses parents, quand il cherche un cadeau à lui offrir, quand elle se moque de lui jusqu'à voir naître sur son front la ligne des colères.

Main droite, main gauche. Les Noirs occupent peu à peu tous les points stratégiques de l'échiquier. Blanc répond aux coups par un déplacement puis un repositionnement de la même pièce. Trente-quatrième coup : Ta1-e1 ; trente-cinquième coup : Te1-a1.

Elle dit *J'aime les tulipes blanches, que tu me donnes la main, le printemps et l'automne, J'aime le chocolat blanc, Je n'aime pas que tu sois triste, pas quand tu penses aux échecs en me parlant, pas la montagne, pas la verdure, je préfère les fleuves et les villes, pas quand tu feins de ne plus m'aimer, J'aime l'envie, Je n'aime pas les projets, Je t'aime toi, oui, je t'aime.*

Blanc ajuste sa défense au plus près, dans l'égarement. Main gauche : Noir place le cavalier à équidistance du roi et de l'une des tours. Le dernier fou adverse est cloué en f3. Blanc tente d'aller à dame avec ses pions. Au soixante-septième coup, Luca barre le passage et, à partir du soixante-dixième, saborde ses pièces. Une rumeur parcourt la salle. Noir échange fou contre tour, tour contre tour et, à la stupeur générale, se renverse sur sa chaise en émettant un petit ricanement perceptible des deux premiers rangs. Anna l'entend. Anna le considère, figée. Mais il ne lui adresse aucun regard. Il n'a pas besoin de cela : il joue pour elle. Seulement pour elle. Il lui offre les tours, les chevaux, les fous, les rois et les reines de son enfance.

G3-g4. Sur l'échiquier, ne restent plus que les deux rois, deux pions blancs, deux pions noirs. Luca déplace ses pièces comme s'il jouait en blitz. Au soixante-dix-neuvième coup, son roi étant coincé en b2, Blanc perd un pion. Et c'est alors qu'ayant recouvré son masque de froideur, Luca déplace la main droite, pousse le pion c4 en c5, pose ses deux mains bien à plat sur la table et murmure, à voix très basse :

« Échec et mat. »

Les habitués applaudissent. Luca se lève. Il observe le jeu puis se détourne, va chercher Anna, la prend par la main et l'entraîne dehors.

Dans la rue, il la regarde et murmure : « Je t'emmène

à Londres. On dira que c'est notre voyage de noces. Après, on ne se quittera plus. »

Elle ne bouge pas. Elle dit seulement : « Oui. Emmène-moi. Emmène-moi pour toujours. »

Ce soir-là, elle lui offre le premier et le dernier cadeau qu'il reçut jamais d'elle : les *Récits en prose* de Pouchkine dans une édition russe. Trois jours plus tard, dans le ferry qui les emmène sur les vagues de la Manche, elle lui lit la nouvelle *La Tempête de neige*.

II

Il est descendu à Bruxelles, dernier arrêt avant Paris. La grande horloge de la gare indiquait quatre heures. Il s'est approché du buffet. Il voulait fuir le long ruban du train. Et l'horloge. Et les ombres glissant près des voitures, orchestrant le ballet des voyageurs. La vision d'Anna, à Londres, le rejoignant sous une horloge aux chiffres noirs, plus grande, lui semblait-il, que celle de la gare de Bruxelles.

Une main s'est posée à quelques centimètres de la sienne.

« Pourquoi ne prenez-vous pas l'avion ? Le train, c'est si long... »

Il répond que longtemps auparavant, lors de ses premiers voyages, il attendait avec une certaine impatience l'instant où l'appareil libérait sa puissance sur la piste, fonçant vers le ciel comme fonçaient les voitures de son adolescence sur des autoroutes vides. Depuis il s'est lassé. Il n'aime pas l'avion.

« Cela aurait pourtant été plus facile. Dans un avion, il y a moins de monde. »

Et comme Luca ne répond pas : « Vous allez souvent à Leningrad ? »

Il répond que oui. La ville n'est plus nommée ainsi depuis longtemps. Il est content d'entendre ces trois syllabes : Le-nin-grad.

« Brodsky parle quelque part de deux statues se faisant face, l'une en gare de Finlande, l'autre au parc Biérovitch. La première représente Pierre le Grand monté sur un cheval, et la seconde Lénine juché sur un tank.

– Le XVIe siècle combattait à cheval, répond Luca. Ce n'est qu'une question d'époque. »

Le comédien-contrôleur le considère avec une moue bienveillante. « Je vous offre un café. »

Luca en commande deux.

« Ce train compte plusieurs centaines de passagers. La plupart dorment encore. Dans ces conditions, il est très difficile de distinguer une tache blanche sur une lèvre.

– Je ne vous ai rien demandé », rétorque Luca.

Ils boivent leur café.

« Pourquoi faites-vous cela ?

– Ça égaie le voyage... Et puis cela me change des messieurs qui me demandent une dame pour la nuit. Je ne suis pas entremetteur. »

Le comédien-contrôleur pose sa tasse, brise un sucre dont il avale la moitié, puis il se tourne vers Luca.

« Je ne vous demande pas pourquoi vous cherchez cette femme. Je préfère vous demander si vous la cherchez *vraiment*... »

Luca ne bronche pas.

« Parce que si vous voulez retrouver quelqu'un dans un train, je peux vous expliquer comment il faut faire. C'est assez facile.

– Je la cherche pour lui proposer un rôle.

– Le rôle de sa vie ?

– Non. Le rôle de la mienne. »

Luca veut payer, mais le jeune homme l'arrête d'un geste. Il dépose ses pièces sur le comptoir.

« Laissez-moi vos coordonnées et rappelez-moi son nom, dit-il. J'essaierai auprès de la compagnie. »

Luca griffonne les renseignements sur une feuille de son calepin. Puis ils retournent vers le quai. Le comédien sourit, lève la main en une forme de salut, et disparaît derrière une portière.

Luca marche vers la tête du train. Regarde au-delà des vitres, dont certaines sont obscurcies par des stores noirs. Aperçoit des silhouettes improbables, hommes ou femmes, il ne sait. Monte. Suit les couloirs tandis que le convoi s'ébranle. Il avance à petits pas, fixant tantôt le sol, tantôt les vitres opaques des compartiments. Il va un peu plus vite, effleure une poignée, une glace, résiste encore, se réfugie dans le soufflet où il desserre le nœud de son écharpe. Il se laisse malmener par les cahots et les courbes, songe que depuis le départ de Saint-Pétersbourg, l'avant-veille au soir, il ne s'est pas rasé, il ne s'est pas lavé, il a à peine mangé, à peine dormi, il n'a pas travaillé. Il a pensé à elle, sans cesse, sans cesse. Et soudain, il lui paraît impossible d'être si proche d'une forme de *conclusion* et de ne pas boucler l'histoire selon sa trajectoire la plus naturelle. Alors, il commence. Il pousse la porte du soufflet, foule la moquette de la voiture suivante, tire le battant du premier compartiment, pénètre à l'intérieur, regarde, s'excuse, ferme le battant, ouvre le suivant, regarde encore, et ainsi jusqu'au deuxième soufflet, puis celui d'après, encore et encore, surprenant des formes allongées, des visages ensommeillés, des corps disparaissant sous les couvertures, des personnes s'habillant, d'autres assises...

Mais le train traverse des campagnes de moins en moins désertes, quelques bourgs, un village puis un autre. Tandis que le jour pâlit, Luca poursuit sa quête, désespéré car on approche et que, lorsque aux paysages vides succédera le long orphelinat des gares, Apollinaire, il l'aura perdue, il l'aura perdue une deuxième fois.

Et le long orphelinat des gares arrive, les banlieues sinistres où Luca a passé de sinistres enfances, les bagages obstruent les couloirs, il ne l'a pas trouvée, il n'avait aucune chance.

Il revient dans son compartiment. Il prend sa valise, sort dans le couloir, bouscule les passagers, se fraie un chemin et descend le premier.

A l'extrémité du quai, il se poste près des butoirs

devant lesquels souffle la locomotive, et il regarde, il regarde par-dessus les têtes, dans la foule, droit devant lui, il reste là jusqu'au dernier voyageur.

Il erre encore un long moment dans la gare puis, à sept heures, il gagne la station de taxis, monte dans une voiture, dit : « Rue Campagne-Première, avant le Lion de Belfort. »

Il rentre chez lui.

Il regarde la ville. Ses habitudes viennent à lui. C'est comme s'il s'enfonçait dans une maison qu'il reconnaîtrait comme étant sienne, pénétrant d'abord dans les pièces les plus froides et, à mesure qu'il glisse vers la Seine, éprouvant ce sentiment rassurant qui le saisit toujours à l'approche de ses territoires. Un peu effrayé par la masse noire de la Conciergerie, remontant Saint-Michel à contresens, puis c'est le Luxembourg derrière ses grilles ornées de pics dorés, Montparnasse et le carrefour Vavin, à gauche dans le boulevard Raspail, on longe la contre-allée plantée d'arbres, cent mètres encore et c'est la rue Campagne-Première.

Luca règle le taxi, descend et suit la rue.

D'habitude, il aime rentrer chez lui. Pourtant, ce jour-là, lorsqu'il pousse la porte, il éprouve un plaisir mêlé à une détestation fugitive.

Des amis dorment dans la grande pièce, sur le canapé convertible. Ils habitent Bordeaux, ils l'avaient prévenu de leur passage. Ils reposent l'un en l'autre, yeux clos, elle, le corps en travers du matelas, la main posée à plat sur le visage de son mari, l'index et le médium contre la joue.

Il les regarde, touché par cet abandon d'amour qu'il ne soupçonnait pas chez eux, qu'il envie peut-être. Se détourne et passe dans la cuisine, rangée, dans la grande pièce, en ordre, et, suivant le couloir, pénètre dans sa chambre, occupée. Referme doucement la porte sur la silhouette de Valérie à peine entrevue.

Il entre dans la salle de bains. Il voudrait être seul, non la solitude de l'instant, qui lui appartient encore, mais celle des profondeurs, dont il sera bientôt privé. Savoir que rien ni personne ne troublera le temps qu'il s'accorderait à lui-même, qu'il peut tout faire exactement comme il l'entend, faire ou ne pas faire, rêver, lire les journaux, regarder la tour Montparnasse depuis la baie de l'atelier, errer, nu, parmi les pièces, dormir. Gaspiller à sa mesure la liberté dont il disposerait si.

Il fait couler un bain après s'être déshabillé, songeant qu'une femme, un jour, lui a fait remarquer qu'il ne pliait jamais ses vêtements. Il se rappelle encore que toutes ses compagnes voulurent le vêtir ainsi qu'elles l'entendaient, le poussant à abandonner ses marques pour de nouvelles auxquelles il sacrifiait ses choix antérieurs, charmé d'être ainsi mené, déshabillé, rhabillé, telles les poupées qu'elles n'avaient plus.

L'eau tiède lui procure un agrément indicible. Il reste ainsi, le corps immergé, les yeux clos, le visage renversé. Passent dans sa conscience les visages des femmes qu'il aima assez dans sa vie pour partager avec elles le temps du lendemain. Et il était allongé semblablement, la nuque calée sur la faïence, les regardant se maquiller dans la glace surmontant le lavabo. Pareil au miroir obscurci par un voile de buée, elles lui apparaissent nimbées d'un flou au sein duquel elles se mêlent toutes, gestes, propos, expressions. Demeurent encore, mais pour combien de temps, le mouvement de l'une, grande, mince, brune, qui tendait délicatement ses lèvres pour y appliquer un rouge carmin dont elle parachevait le trait à l'aide d'un pinceau fin – et celui d'une autre, qui tapotait ses joues avec une houppette à poudre de riz rose et douce qu'elle reposait dans la boîte avant de dessiner, au noir, une ligne qui prolongeait le coin des paupières. L'une était Anna, et l'autre était sa mère.

Il sort du bain. Au moment où il va se saisir de la serviette, il entend claquer une porte. Le pas de Valérie enfle depuis l'extrémité du couloir. Il revient à la baignoire, s'allonge de nouveau, plonge la tête sous l'eau, reste, reste, et quand il émerge encore, il entend frapper de l'autre côté du battant.

« Luca, tu es là ? Luca ? »

Il ne répond pas. Puis il dit que non, il n'est pas là.

Son grand sac de cuir fauve est posé sur la table de la cuisine. Luca le considère avec un certain trouble. Elle l'avait le premier jour. Elle avait aussi une robe longue et des bottes de cuir. Elle se tenait appuyée à un pilier, dans l'appartement d'une relation commune qui les avait invités, ainsi que d'autres. Le regard clair, les cheveux auburn coupés court, une manière charmante et enfantine de porter la cigarette qu'on lui offrait à ses lèvres, bien au milieu, inspirant les yeux mi-clos, avec application. L'émouvante beauté d'une femme approchant la quarantaine, avec cette gravité si particulière inscrite sur les traits du visage, comme une coloration, une infime fragilité.

Ils avaient dîné comme il se doit, entrée, plat, fromages, desserts, après quoi leur hôte avait proposé liqueurs et digestifs, on avait parlé du monde et des problèmes majeurs qui se posent ici et là, à intervalles réguliers.

Il la regardait. Il était attendri par ce sac, cette robe,

ces bottes, qui lui rappelaient ceux que portaient les femmes dans les années soixante-dix. Sa jeunesse, et vingt ans de plus.

Après le repas, il s'était approché d'elle et avait dit : « Vous n'êtes pas à l'aise. Sinon, vous ne fumeriez pas. Habituellement, vous ne fumez pas. Partons d'ici. »

Ils avaient décampé. Elle riait dans l'ascenseur. Elle riait dans la rue. Elle avait dit : « Nous avons mangé du saumon. Dans ce genre de dîner, on mange toujours du saumon. »

Il avait agi comme naguère, et elle avait accepté. Tous deux savaient pourquoi ils prirent le même taxi, pourquoi ils donnèrent une adresse unique – la sienne –, comment ils feraient chez lui, sans parler, aussitôt le seuil franchi. Comment, ensuite, ils parleraient d'autre chose, et comment, enfin, après son départ, il penserait à elle.

Il y avait pensé avec une émotion qu'il avait prise pour de la tendresse bien que ce n'en fût pas. Elle s'était déshabillée seule, glissée entre les draps, l'avait attendu, regardé, et ils avaient baisé longtemps, sans la pudeur souvent de mise la première fois, ni poésie ni gêne en dépit d'une réserve assez digne qui s'accrut, le temps passant et les fois se multipliant. Il y avait un naturel un peu forcé. Moins le désir à l'état pur, demande ou acte, que le besoin d'affirmer un libertinage grâce à des gestes aussitôt contrariés par d'infimes replis, un coude dissimulant, une main mal posée, une bouche douloureuse. Il fallait un certain courage pour se lancer ainsi dans ce qui lui apparut bientôt comme une démonstration, un désir de faire, une crainte, aussi.

Mais ce n'était pas de la tendresse qu'il éprouvait : c'était un attendrissement.

Valérie le rejoint dans la cuisine. Elle ferme la porte pour ne pas réveiller leurs amis, vient contre lui. Après une imperceptible hésitation, il referme les bras sur elle. Ils n'en sont plus aux effusions des premiers temps, quelques mois auparavant, et pas encore aux baisers en passant qui font tant horreur à Luca. Ils ne vivent pas ensemble. Elle prétend que c'est un aménagement de leur relation, il répond qu'il s'agit plutôt d'un aménagement de leur temps d'amour.

S'ils s'aiment.

Il prépare le café tandis qu'elle s'assied après avoir resserré la ceinture du peignoir. C'est son peignoir à lui. Naguère, il était ému quand elle le portait. Désormais, il en conçoit de l'indifférence. Il redoute l'instant où cette indifférence deviendra de l'exaspération.

Elle lui pose des questions sur son voyage et il répond comme il peut, mal, insistant sur les lieux, ce qui lui permet de faire l'impasse sur les personnages. Il parle du train, du contrôleur, de Saint-Pétersbourg en hiver. Elle l'interrompt : « Mais ton film ?... Tu vas le faire ?

– Bien sûr ! »

Il n'aime pas raconter ses scénarios. Avant, parce qu'il éprouve toujours la plus grande difficulté à résumer une intrigue, des personnages, de multiples évolutions, une structure, des soucis techniques – autant d'aspects qui prennent forme peu à peu, au fur et à mesure que le travail avance. Pendant, parce qu'il y pense tant, et de façon si complexe, que nul ne comprendrait la somme de ses incertitudes. Après, parce que le film étant tourné, il n'a rien à ajouter.

Il ne sait comment dériver, et alors il se lève, propose un jus de fruit, des toasts, puis se rassied et la regarde. Elle lui sourit. Longtemps, elle l'a conquis par ce sourire. Aujourd'hui encore, ses défenses s'affaissent tandis qu'il la dévisage et, brusquement, il se sent mieux.

Il s'écrie : « Mais je t'ai rapporté quelque chose ! »

Elle porte un doigt à ses lèvres et chuchote : « Tu vas réveiller tes amis ! »

Ils rient. Luca se lève, passe derrière Valérie, la soulève par les épaules, la retourne contre lui et la prend dans ses bras.

Il propose à ses amis d'aller déjeuner à Saint-Germain-en-Laye. Il mesure l'étrangeté de sa suggestion, la forêt en hiver, mais il emporte la décision sans ferrailler très longtemps.

Ils roulent en silence. Périphérique, la Défense, nationale 13. Luca regarde ces routes qu'il a parcourues jadis, à pied, en Solex, dans la voiture d'autrui (lui-même n'en a possédé que beaucoup plus tard). Les avenues sont tristes et mornes, les arbres pleurent leurs gouttes d'hiver. Il n'éprouve aucune nostalgie ; plutôt un cafard sournois qui se nourrit d'images anciennes. Il n'aime pas les paysages de sa jeunesse.

Ils se dirigent vers Saint-Germain-en-Laye. Descendent le raidillon qui passe devant la résidence des cadres moyens et cette autre, où son oncle et sa tante habitaient. Les lieux paraissent plus petits à Luca, presque étriqués. Mais son cœur se serre lorsqu'il aperçoit, au-delà du portillon et de la volée de marches y conduisant, la troisième fenêtre en partant de la droite, au quatrième étage.

Il ferme les yeux.

Quand ils parviennent au bas de la descente, il demande qu'on tourne à gauche puis, après une rocade qui n'existait pas auparavant, désigne un petit bâtiment crème et suggère qu'on s'y arrête. A l'instant où la voiture ralentit, il songe qu'une histoire ne se partage pas, que ses amis n'éprouveront rien, sinon, peut-être, une vague curiosité pour des souvenirs qui ne sont pas les leurs. Et il regrette de ne pas être venu seul.

Il entre le premier. D'abord, il ne reconnaît rien. Le zinc a changé, le personnel n'est plus le même, l'endroit lui paraît sans charme. Mais il regarde mieux, admettant que probablement il n'en a jamais eu et que, comme toujours dans ce genre de confrontations imbéciles, on imagine les lieux d'hier plus grands, en sorte qu'ils paraissent immanquablement réduits, à la mesure des déceptions éprouvées.

Cependant, il entend et reconnaît un bruit imperceptible, inexplicable à tout autre. Un sourire éclaire son visage.

Il dit : « Venez », et entraîne ses amis dans la deuxième salle. Il reste sur le pas de la porte, embrassant du regard le décor d'une scène à écrire. Les tables sont identiques, placées exactement comme naguère. Le juke-box n'est plus là, on a remplacé le poêle par un radiateur électrique, mais les joueurs lèvent et abaissent le bras sur les pendules rythmant leurs coups. Luca les regarde avec une émotion qui soudain le paralyse. Il reste là un long moment, immobile, en proie à un étrange bonheur.

Puis il se tourne vers Valérie, pose la main sur son épaule et dit : « C'était une mauvaise idée de venir là. Rentrons. »

A Paris, il s'excuse maladroitement et les abandonne sans se préoccuper de ce qu'ils feront, s'il les reverra ou pas. Il a besoin d'être seul.

Chez lui, il s'enferme dans son bureau. Il relit ses premières notes, écrites vingt ans auparavant sur le carnet à spirale. Il en ajoute d'autres. Il structure la première moitié du scénario : de la rencontre, au cours d'une réunion de Jeunes Pionniers qui s'est tenue dans un café léningradois, jusqu'au départ pour Kichinev, Bessarabie, cette ville figurant Londres.

Le café, il pourrait le dessiner : deux salles, des consommateurs dans l'une, des joueurs d'échecs dans l'autre, une cheminée, pas de musique, des fenêtres étroites, des murs crépis, une atmosphère froide symboliquement réchauffée par l'entrée de la jeune fille. Elle porte un manteau d'astrakan taillé dans une fourrure bon marché, un col roulé doux et épais. Pas de kilt. Pas de pull en mohair.

Lorsqu'elle arrive – en retard – à cette réunion des

Pionniers, le jeune homme est déjà là. Mais Luca, pour le moment, le laisse de côté.

Ensuite, Tsarskoïe Selo et ses environs, où il tournera. La demeure du jeune homme : une demi-pièce dans un logement communautaire. Il ne sera pas soldat, mais compositeur. Orphelin. Plus tard, il disparaîtra dans la toundra sibérienne (ou ailleurs). On remplacera le Solex par une bicyclette (s'il en faut une). On gardera les échecs, moins comme support dramatique que comme signe perceptible d'une évolution.

Durant les premiers mois de leur amour, ils marchent : dans les couloirs de l'Ermitage, place Ostrovski, d'un pont à l'autre, du musée russe à l'Institut Smolny, de l'Amirauté à la place des Arts, au Champ-de-Mars, dans les jardins du Cavalier d'airain, au Manège, jusqu'à l'île Vassilievski...

Et ainsi de suite.

Ils partent, donc. Probablement pour des raisons liées à l'activité échiquéenne du jeune homme. Non pas à Londres mais à Kichinev. Kichinev est la ville où Pouchkine fut exilé entre 1820 et 1823. C'est aussi celle où est né le grand-père de Luca.

La suite est plus difficile à inscrire dans le cours de l'histoire. Non qu'elle soit imprécise ou incertaine : c'est la forme qui manque. Depuis des années qu'il y réfléchit, Luca ne sait s'il doit recourir à une voix off, à un flash-back, à des scènes en temps réel fondées sur l'alternance, à une invention libre ou, tout au contraire, au scrupuleux respect d'une réalité qu'il connaît pour l'avoir découverte sous la plume de la mère d'Anna, en 1971, dans une chambre d'hôtel de Piccadilly, à Londres.

Luca passe dans l'entrée, prend un trousseau de clés accroché à un clou, puis il emprunte l'ascenseur et descend au sous-sol. Il cherche la porte de la cave, se trompe une fois, deux, et, enfin, se retrouve dans un endroit fétide, bétonné, protégé de l'humidité. Il range là les dossiers dont il n'a pas l'utilité, les multiples versions de ses scénarios, quelques bobines, quelques secrets.

En haut d'une étagère, il y a une boîte en fer. Luca la prend. Il prend aussi un projecteur sonore et un vieil écran de projection dont il avait oublié l'existence. Après quoi, il remonte chez lui. Il dépose l'attirail dans son bureau et ouvre la boîte en fer. Elle contient des objets ayant appartenu à Anna : un serre-tête en velours noir, un crayon surmonté d'une minuscule poupée russe, un mouchoir blanc brodé taché d'encre, un faux saphir, une boucle d'oreille en pâte de verre, deux lettres, trois bobines en super-huit.

Luca place l'écran de projection contre la bibliothèque. Il retrouve sans plaisir des gestes anciens qui lui paraissent aussi désuets que son premier matériel. Il déplie le trépied, presse sur le bouton-poussoir et tire la potence, déroule la toile perlée qu'il ajuste au crochet. Puis il ôte le couvercle du projecteur et pose celui-ci sur le bureau, en face de l'écran. Il tâtonne longtemps avant d'ajuster correctement le pinceau lumineux. Il lui faut également de multiples tentatives pour relier les bobines réceptrice et débitrice. Après y être parvenu, il ferme les volets, éteint la lumière et tourne la commande de marche avant. Sur l'écran perlé, les crachotis d'images finissent par se stabiliser pour laisser la place au profil trois quarts dos d'une jeune fille appuyée au bastingage d'un navire.

Anna, avril 1971, jour de leur départ pour l'Angleterre.

La veille, Luca avait acheté sa première caméra. C'était une Paillard Bolex, format super-huit. Il avait fait une première bobine dans la chambre du *Jardin*, mais il l'a perdue au cours d'un de ses nombreux déménagements, et ne restent aujourd'hui que trois films muets.

Le premier a été pris sur le ferry et dans le train. Les autres, à Londres.

Anna regarde la mer. Elle porte un foulard autour du cou, une robe légère en lin crème, des mocassins plats. Elle arbore un sourire un peu grave.

Elle se tourne vers Luca, se dissimule le visage ; sans doute lui demande-t-elle d'arrêter de tourner. Mais il continue. Elle file en riant le long du bastingage, trébuche, se relève. L'image saute tandis que Luca poursuit la jeune fille jusqu'à l'extrémité du pont. Noir. Luca suppose qu'ils se sont étreints et embrassés.

Anna assise sur un siège, griffonnant un de ses innombrables dessins. Zoom avant sur le trait, pause assez longue, on voit la main (gauche) courir sur le papier sans déceler quelle figure va naître ; zoom arrière, plan sur le visage : Anna est concentrée, son visage trahit comme une sévérité, elle a oublié qu'elle était filmée. Ses cheveux sont relevés en chignon. Elle porte maintenant un caban bleu marine dont le col, remonté, la protège du vent. Elle frissonne, relève la tête, voit Luca et lui sourit.

Anna lisant un livre. Elle le traduit du russe pour Luca. C'est *La Tempête de neige* de Pouchkine. Plan fixe sur le visage, puis sur les lèvres. On aperçoit la minuscule tache claire, si émouvante.

Anna dans la queue qui descend du ferry.

Anna tendant un billet à un contrôleur qu'on ne voit pas.

Anna portant les deux valises, celle de Luca et la sienne. Elle les pose, se tourne vers lui, qu'on devine à distance, appuie ses poings sur sa taille, incline le visage et l'observe avec une moue où se mêlent la moquerie, la tendresse, l'exaspération.

Luca, de dos, une valise dans chaque main.

Anna dans le train. Elle dort. La joue repose sur l'épaule, les cheveux dissimulent le visage. Les lèvres sont légèrement entrouvertes, comme si elles esquissaient une ombre de sourire.

Anna dans le train, toujours. La caméra est de l'autre côté de la vitre du compartiment ; Luca filme depuis le couloir. Anna tient son bloc sur les genoux et dessine. Soudain, elle lâche son crayon, remonte la main derrière la nuque, presse ses phalanges contre la peau, jette la tête vers l'arrière et ramène le coude contre la joue en fermant les yeux.

Anna face à Luca. Son visage repose entre ses mains. Elle le fixe sans cligner des yeux. Il se rappelle qu'ils jouaient à qui-cille-perd. Son regard devient de plus en plus grand, mouillé, liquide, les larmes affleurent aux paupières ; elle abandonne lorsqu'elles coulent le long des joues. Alors elle lui fait une grimace et, détachant les syllabes, prononce deux mots qu'il lit aisément : Je t'ai-me.

Anna sur le quai de la gare de Victoria. Luca s'est dissimulé derrière un pilier. Elle le cherche. Les valises sont à ses pieds, sous une grande horloge aux chiffres noirs. Il fait un zoom avant et prend le visage, plein cadre. On distingue un désarroi dans l'expression, puis une crainte, l'ébauche d'un affolement. Elle le voit. Elle affiche une mimique boudeuse et charmante.

Anna dans la première chambre qu'ils louèrent à Londres. C'était une pièce simple appartenant à une logeuse qui, par sa fonction et son allure, rappelait à Luca la veuve du *Jardin*. Elle n'acceptait que les personnes seules. Luca avait prétendu être célibataire. La première nuit, il avait aidé Anna à grimper pardessus la balustrade. La deuxième fois, ils s'étaient fait prendre.

Anna, à cheval sur la balustrade, filmée de l'extérieur. La jeune fille s'apprête à sauter dans la pièce lorsque la porte s'ouvre. La logeuse apparaît. Elle fait de grands gestes. On devine qu'elle crie. Anna hésite avant de redescendre dans la rue. Luca filme toujours. La logeuse vient à la fenêtre, lève les bras au ciel, prend un passant à témoin. Anna rit. Elle exprime un bonheur intense, une joie, un enchantement. A la fin, tandis que la vieille Anglaise referme violemment les battants de la fenêtre, la jeune fille est courbée en deux, prise d'un fou rire qui dure et que la caméra continue de filmer. Aux balancements de l'image, Luca comprend qu'il riait aussi.

Noir.

Anna traversant une avenue, à Londres. Luca la filme depuis l'intérieur d'un taxi. On aperçoit l'épaule du chauffeur. Anna entre dans un hôtel.

Cut.

Anna ressortant de l'hôtel. Du doigt, elle fait signe que non.

Anna pénétrant dans un autre hôtel. Puis, marchant vers le taxi tout en secouant la tête.

Anna venant d'un troisième hôtel. Elle fait signe qu'elle ne sait pas.

Une rue, à Piccadilly, en plongée. La caméra panote et revient vers l'intérieur de la chambre. Anna sort de la douche. Elle est nue. En apercevant Luca, elle esquisse un mouvement de pudeur : la paume de la main droite se pose sur la toison tandis que l'autre bras se replie sur les seins.

Noir.

Anna, en petite culotte, devant le miroir de la salle

de bains. Elle tend délicatement les lèvres pour y appliquer un rouge carmin dont elle parachève le trait à l'aide d'un pinceau fin. Elle se tapote les joues pour se donner des couleurs, prend une brosse, incline le visage vers l'avant et démêle ses longues mèches brunes.

Anna sur l'impériale d'un bus londonien.

Anna dans les jardins de Regent's Park.

Anna mangeant un muffin à la terrasse d'un café. Cadre serré. Elle se tourne vers l'objectif et parle. Luca se souvient de ses paroles. Elle avait dit : « J'ai dix-huit ans, je viens de Leningrad, j'habite Paris, je me retrouve à Londres, je suis amoureuse d'un fou, j'ai trois robes, quatre chemises, un manteau, pas d'argent, et en plus, je n'ai pas peur. »

Anna et Luca devant un miroir, sans doute dans leur chambre d'hôtel. Il lui apprend à utiliser la caméra. Il est vêtu d'un jean trop large, d'un pull sombre ras du cou. Il a les cheveux longs. Il paraît très grand à côté d'elle, qui lui arrive à l'épaule. Elle tend les lèvres vers lui, qui filme face à la glace. Il se baisse. Elle lui embrasse la tempe. Il décroche la caméra, filmant toujours, et la tend à Anna, devant le miroir. Elle la prend, colle son œil au viseur. Il fait deux pas en arrière. Elle se tourne vers lui.

Luca, plein cadre. Il place ses mains de part et d'autre du visage, pouces tendus parallèlement aux joues. Il s'approche. L'image bouge. Anna revient au miroir. Plan sur le plafond.

Noir.

Plan large de la chambre d'hôtel. Ils s'y trouvent sans doute depuis plusieurs jours. Succession d'images :

Anna tournant le dos pour enfiler une chemise de nuit qui lui tombe jusqu'à mi-cuisse.

Luca au lit. Il se réveille. Il tourne la tête de droite à gauche, ouvre soudain les yeux et sourit à la caméra. Puis il se lève. Il est nu.

Anna, endormie, allongée sur le dos, promenant sa main sur le matelas à la recherche d'un corps qui ne s'y trouve pas.

Anna rectifiant le couvre-lit d'un bref mouvement du plat de la main.

Luca, affalé dans un fauteuil, les jambes passées par-dessus les accotoirs.

Luca sur le pas de la porte.

Anna jetant un coup d'œil circulaire sur la pièce avant de la quitter.

Anna vérifiant que le tube de dentifrice est bien fermé.

Anna écarquillant les yeux dans le miroir de la salle de bains pour fixer le khôl sur ses paupières.

Luca penché sur un problème d'échecs.

Anna choisissant un collant.

Anna pliant soigneusement ses affaires, le soir.

Ils rient. Luca se souvient pourquoi : ils jouaient aux grands. Ils reproduisaient nombre de gestes qu'ils avaient vu faire à leurs parents. Chez Anna, Luca reconnaissait ces gestes comme appartenant à une autre, car, chaque fois qu'elle les accomplissait, son visage prenait une expression qu'il ne lui connaissait pas, un infime raidissement des traits, une autorité fugitive qui mourait presque aussitôt. Mais il n'a pas su capter cette expression. Ils ne sont pas restés assez longtemps à Londres.

Dernière bobine.

Anna est dans la rue, à Piccadilly. Le ciel est couvert. Elle porte son caban et un pull noir qu'il lui a offert la veille. Elle lève la tête et cherche Luca du regard. Il la filme depuis la chambre d'hôtel. Elle lui adresse un long signe de la main, faisant aller plusieurs fois sa paume au-dessus d'elle. Elle disparaît. Elle se rend à la poste centrale pour chercher le courrier qu'elle a fait suivre depuis Paris.

Même point de vue. La caméra cadre une silhouette dans la rue, parmi d'autres. Zoom. C'est Anna. On la reconnaît à son caban. Elle marche très vite. Son visage demeure invisible. Elle bouscule un passant et entre dans l'hôtel. Elle disparaît.

La porte de la chambre, plein cadre. Elle s'ouvre brusquement sur Anna. Elle pleure. Son visage est ravagé. Elle reste immobile, comme tétanisée. A la main, elle tient une liasse de feuillets et une coupure de journal.

Noir.

Luca laisse la dernière bobine courir sur son axe. Il lui faut un temps infini pour se décoller du bureau, aller à la fenêtre, ouvrir les volets, éteindre la lumière. Et plus encore pour ne pas réintroduire l'extrémité de la pellicule dans le projecteur, faire l'ombre de nouveau et tout recommencer.

Il gagne l'atelier. La tour Montparnasse se dresse non loin, lumineuse dans le soir montant. Luca prend son carnet à spirale, enfile un manteau. Il sort. Il veut être seul, sans Valérie, sans ses amis.

Il descend le boulevard du Montparnasse, entre au Sélect, choisit une table dans la salle du fond. Il s'assied. Il sort son carnet et prend quelques notes. S'il devait tourner, il filmerait ainsi :

Anna sur le seuil de la chambre, le dernier jour, à Londres. Elle pleure. Son visage est ravagé. Elle demeure immobile, comme tétanisée. A la main, elle tient une liasse de feuillets et une coupure de journal.

Luca vient vers elle. Il l'attire à l'intérieur de la

pièce. La jeune fille ne dit rien, et, lui, il ne pose aucune question. Il l'entoure de ses bras. Elle s'abandonne contre son épaule. Soudain, elle se détache.

Elle pose les feuillets sur la table puis s'affaisse près du lit, les genoux ramenés sous le menton, prostrée. Sa tête va de droite à gauche, lentement. Elle ne pleure plus. Elle murmure *Non, non,* comme une scansion, un cri étouffé.

Luca examine la coupure de journal. Elle montre la photo d'un homme surmontée d'un titre en caractères cyrilliques. Il lit la dernière page de la lettre de la mère :

> *Dans le tramway qui nous ramenait à la maison après ton départ pour la France, après cet aéroport de malheur où plus jamais nous ne sommes revenus, ton père a dit que nous ne te reverrions plus. Que, quand ils mettent des enfants au monde, les parents savent que c'est pour les laisser s'échapper un jour. Nous, nous étions en avance puisque, à dix-huit ans, notre petite fille était partie. Et pourtant, nous avions nous-mêmes choisi ton destin.*
>
> *Pendant des jours et des jours, et plus longtemps encore, ton père n'a pas supporté de voir traîner les objets qui t'appartenaient. Il a rangé tes livres, caché tes poupées sous le lit, ôté tes photos de la bibliothèque. Il disait qu'il ne pourrait pas vivre dans un lieu où tout te rappelait à lui. Et pendant d'autres jours, et plus longtemps encore, il lui a paru impossible de rester dans une maison où tu ne serais pas. Il a remis les choses à leur place. Ainsi, de douleur en douleur, d'un excès à un manque, il a tenté d'exister sans*

toi. Il ne pouvait parler de sa petite fille sans avoir des sanglots dans la voix. Il disait que ton départ était un désastre, un deuil pour la vie. Il disait qu'il était amputé. C'était comme si sa main se portait sur une partie familière de son corps, mais cette partie-là se dérobait, une ombre insaisissable, une caresse tombant dans le vide.
Lorsque le chagrin l'étouffait, il allait sur le fleuve crier ton nom. Un soir, des miliciens l'ont accosté. Il les a maudits. On l'a rossé. C'est ainsi que tout a commencé. Cette nuit-là, ton père a dormi dans ton ancienne chambre, sur ton ancien lit. Il disait qu'il était ton ancien père, que tu étais son ancienne fille, qu'il ne te reverrait plus.
Le lendemain a eu lieu la perquisition. On a découvert le manuscrit sur lequel il travaille depuis ton départ : « Les Nuits du monde », en hommage à ce siècle, « siècle mien, brute mienne », comme l'a écrit Mandelstam. Trois jours plus tard, on est venu nous chercher.
Tu liras le commentaire du procès dans le journal. Je pars aujourd'hui avec ton père. Écris-nous.

Luca s'agenouille en face d'Anna et tente de la prendre contre lui. Elle le repousse. Il tombe à la renverse. Elle s'approche, et c'est elle qui lui entoure les épaules de ses bras. Elle dit qu'ils ont condamné son père à dix ans de travaux forcés. Elle dit qu'il a été reconnu coupable de parasitisme et de propagande antisoviétique. Elle dit qu'elle veut que Luca recopie les pages de sa mère pour en faire un film, un jour. Elle dit que ses parents ont besoin d'elle, qu'elle ne peut pas les laisser seuls. Elle parle avec une sorte de fierté dans la voix. Comme si elle se préparait pour un très long combat. Elle dit qu'elle rentre dans son pays. Elle dit : J'ai les jambes coupées.

Ils regagnent Paris. Ils passent la dernière nuit dans la chambre du *Jardin*. Ils ne mangent pas. Ils ne dorment pas. Ils sont sur le lit, habillés tous deux, enfermés dans les bras l'un de l'autre. Ils ne parlent pas. Ils attendent avec terreur le lever du jour.

Quand il faut partir, Luca accompagne Anna à l'aéroport.

Elle porte le col roulé noir de la première fois. Ils ne se regardent plus en face. Ils se quittent sans un mot, sans un geste, dans un couloir. Elle s'éloigne. Il reste là, paralysé. Elle se retourne, abandonne sa valise et revient lentement vers lui. Ils s'étreignent avec une force désespérée. Quand elle est dans ses bras, la bouche au creux de son cou, quand il sent la chaude traînée des larmes sur sa peau, quand il croit que tout va changer, elle prend son visage entre ses mains, l'immobilise pour qu'il ne s'approche pas du sien, et alors elle dit, d'une voix si basse qu'il l'entend à peine, le regard défait, trouble, noyé, claquant des dents, elle dit : « Je ne t'oublierai jamais. »

Après, elle s'en va, à pas très lents, vers l'absence.

Il quitte l'aéroport, songeant : Je suis une montagne d'ensevelissements : une couche de chagrins, une couche de vie, une couche de chagrins.

Tout cela bouge, comme une tourbe.

Luca marche sur la route qui longe les pistes. S'il n'ajoutait pas une couche plus terrible encore sur la merde contenue, tout s'effondrerait. Tout : lui-même.

Il revient dans leur banlieue. Il monte sur le Solex, pénètre dans le parking souterrain de la résidence où vivent les cadres moyens, choisit la rampe la plus droite, relève la manette du moteur et glisse, en roue libre, silencieusement, le plus vite possible, vers un mur de béton. Il prend de l'élan, les yeux grands ouverts pour bien voir et ne rien perdre, il a le souffle court, il dit Anna Anna Anna, pour toujours pour toujours, et il se fait exploser le front sur un mur gris.

Luca ferme le carnet à spirale et quitte le Sélect. La pluie tombe dru. Il sait désormais comment il rédigera la deuxième partie de son film. Il sait aussi quel jeu il jouera avec son public. Il le maintiendra légèrement à distance du nœud même de l'histoire, procédant par accélérations et retraits. Il donnera pour acquis des événements qui ne le sont pas, il les décalera imperceptiblement au cours du récit (s'il s'agit bien d'un récit), créant de cette manière de sournoises interrogations. Il semblera parfois se perdre sur des voies éloignées, glissant en digressions vers des faits apparemment secondaires, en réalité aussi essentiels que le sont parfois les notes d'intention. Il brouillera certaines pistes qu'il mettra en lumière trois scènes ou vingt pages plus loin, conduisant ainsi ceux qui le suivent à venir à son côté, à le dépasser légèrement, et il les aidera même à flairer ce quelque chose d'étrange qui désormais, ils le savent, cerne l'histoire qu'ils découvrent. Enfin, après les avoir priés de prendre garde, il refermera le couvercle de ses poupées russes et les conduira ailleurs, par exemple au-delà du carrefour Vavin, à gauche dans le boulevard Raspail, en un lieu calme et tranquille où les apparences n'ont pas encore pris la forme attendue.

Valérie est assise sur le canapé de l'atelier. Il s'installe en face d'elle, sur un fauteuil. Elle est vêtue d'un T-shirt léger, les pieds ramenés contre elle. En une seconde, Luca sait que cette nuit-là, il ne l'aime pas. A cause de la frange qui lui bat l'œil, de son teint, légèrement gris dans l'ombre de la pièce. Il s'en veut d'être alerté par des petites choses qui, il le sait, dissimulent bien davantage.

Dehors, l'orage gronde. Valérie dit : « Je vais rentrer chez moi. »

Mais elle ne bouge pas.

Et Luca, soudain, est envahi par un immense découragement. Il comprend qu'une fois encore il va entrer dans la comédie des ruptures. Il ne s'agit pas d'un jeu, et il aimerait qu'il en fût autrement. Il voudrait changer, que les femmes qui l'entourent, celles de ses films, ne fussent plus vivantes comme la passion, ou mortes comme les rêves ; qu'elles deviennent des êtres auxquels ses personnages s'attacheraient.

Ainsi fait-on dans la vie : on se lève de son fauteuil pour rejoindre, sur le canapé, une jeune femme à demi endormie, dont le regard un peu triste émeut et suscite la tendresse.

Luca soulève Valérie et l'entraîne dans la chambre. Il dit : « Je suis épuisé, pardonne-moi, je n'ai pas dormi depuis deux jours. »

Il la dépose sur le matelas, s'allonge auprès d'elle, et ils font l'amour. A ses gestes, à ses manières, il sait qu'il ne la leurrera pas, qu'à toutes les questions qu'il se pose sur cette histoire qui s'achève, elle apporte ses propres réponses, et celles-ci sont définitives.

Elle bouge dans la pénombre de la chambre, tandis que la pluie bat sur les vitres. Ses traits se tendent peu à peu, ses mains se raidissent sur son corps. Il la prend par la taille et bloque ses mouvements. Elle se dégage d'une secousse et vient sur lui. Elle se meut très lentement tout en répétant : « Regarde, regarde bien nos sexes, regarde-les car ils ne seront plus jamais ensemble. »

Elle retarde l'orgasme aussi longtemps que possible. Ses traits sont tendus, une veine minuscule saille sur la joue, juste sous l'œil. Elle lui griffe la poitrine en répétant que ce sera la dernière fois, la dernière de toutes leurs fois, qu'elle veut le marquer, que jamais il n'oublie – et jamais il n'oubliera, comme toutes celles dont les noms se sont enfuis avec les années, dont il garde pourtant le souvenir, bouche, mouvement, parole, toutes choses qui ne sont pas seulement liées à un attachement, à une passion, à un amour, mais à autant de traces imprimées sur son corps, les empreintes délicates de passages dont il conserve les cicatrices.

Valérie s'allonge contre lui et demande : « Tu te rappelles la première fois ? »

Il répond que oui.

« Et au Métropole de Bruxelles ?

– Je me souviens », dit-il.

Elle était ivre, et nue sur le lit. Il avait fait monter trois bouteilles de champagne dans la chambre, et il les avait versées sur elle. Le champagne coulait sur son corps. Elle se caressait la peau sous les bulles et sous la mousse. Luca l'avait retournée, il avait versé le contenu de la deuxième bouteille sur son dos, sur ses reins, et elle lui avait demandé de la baiser. C'était exactement ce qu'elle avait dit, et que jamais plus elle n'avait redit, comme souvent, d'autres femmes, gênées sans doute de s'être ainsi abandonnées : Baise-moi.

Il y avait eu cette autre fois, au cours d'un dîner ennuyeux. Ils étaient assis l'un en face de l'autre, il s'était déchaussé, il lui avait caressé les cuisses de son pied nu tandis qu'elle parlait avec ses voisins. Elle avait tenté de le repousser, mais il l'avait obligée à s'ouvrir, il avait écarté la soie des tissus, et, avec le talon, avec les orteils, il avait appelé son désir tandis qu'elle parlait toujours, assise très droite, les joues légèrement pourpres, parfaite et conviviale au-dessus, au-dessous, liquide, offerte, bougeant les fesses pour venir au-devant de lui.

« Et Madrid ? demande-t-elle. Te rappelles-tu Madrid ? »

Mais Luca, soudain, traverse les frontières, dégage le brouillard des années et des lieux. Il se souvient d'une autre histoire, plus ancienne, avec une femme que Valérie ne connaît pas. C'était à Saint-Pétersbourg, la première fois qu'il y était allé. Fugitivement, il pense qu'on oublie les corps, les peaux, mais pas les grands moments du plaisir. C'est ce qu'il voudrait dire à Valérie tandis qu'elle se dégage, enfile son peignoir, sans un mot pour lui. Il la regarde. La tristesse le gagne, un voile d'amertume qui se mêle à la fatigue.

« Toi, dit-elle, tu ne sais pas aimer longtemps. »

Il ne répond pas. Il pense à Isabelle, la dernière fois qu'il l'a revue. Il pense à ce qu'elle lui a dit. Il pense que c'est cette nuit-là, sur le coffre d'un taxi russe, qu'Anna et lui se sont marqués pour toujours. Et tandis que Valérie referme doucement la porte, il comprend enfin pourquoi il ne s'est pas assis très simplement à la table de la jeune fille, dans le wagon-restaurant. Parce qu'il souhaitait ressusciter Anna une dernière fois. Vivre au présent dans le passé. S'il avait parlé, s'ils avaient échangé ne fût-ce qu'un propos, les mirages se fussent évaporés dans une autre émotion. Et il voulait, pour l'ultime fois, que l'infini fût à eux, une étendue absolument vide où ils pouvaient se précipiter l'un vers l'autre avec l'énergie de naguère, quand elle le retrouvait sous la pluie, devant le café des étudiants et des joueurs d'échecs, aux étangs du Vésinet, à Londres, ailleurs encore, en des lieux qui furent les leurs et que sa mémoire repère, surfaces bienheureuses et tranquilles sur lesquelles, autre rêve, il s'endort enfin.

Lorsqu'il s'éveille, la ville est statufiée sous le brouillard. Un voile blanc mord le sommet de la tour Montparnasse. Plus bas, sur l'avenue, les autos filent sous les marronniers. On ne les voit pas, on ne les entend pas, Luca les devine seulement. Il éprouve un certain bonheur à l'idée qu'il va travailler longtemps, jusqu'à la nuit, au-delà, s'il peut.

Mais s'il pensait se couler cet après-midi-là dans le cocon des phrases, il comprend très vite qu'il en sera autrement : sur la table de la cuisine, Luca découvre un mot :

Boris Godounov a téléphoné. Il rappellera plus tard. Sans doute ne serai-je plus là, puisque c'est l'hiver. V.

Il pousse la porte de son bureau. Sur le mur du fond, au-dessus de la table de travail, se trouve une carte protégée par un sous-verre. C'est une carte de Saint-Pétersbourg. La Néva serpente à travers la ville, venant de la mer. Elle file sous les ponts, joue des coudes, creusant son passage entre les faubourgs, les avenues, les maisons. Parmi celles-ci, il y avait celle d'Anna. Mais lorsque, en 1971, Luca est sorti des Urgences de l'hôpital Necker, l'esprit brisé, la tête bandée, il ignorait son adresse. Il a acheté cette carte de Leningrad. Il l'a épinglée au mur de la chambre du *Jardin*. Pendant de nombreuses semaines, il a passé ses journées à la contempler. Il cherchait les lieux dont Anna lui avait parlé. Il apprenait leurs noms. Il les murmurait pour lui-même, le soir, allongé sur son matelas. Le matin, il attendait le facteur. Quand il comprit qu'il ne recevrait pas de lettre, il ôta son nom de la boîte.

Il se présenta au concours de l'école de cinéma. Outre un scénario, il fallait un reportage photo. Luca donna l'ensemble des portraits qu'il avait faits d'Anna, dans la forêt de Saint-Germain.

Il fut reçu.

A la fin de l'été, il rassembla les quelques affaires auxquelles il tenait dans deux caisses, puis il fit venir ses rares amis. Il leur dit : « Tout est à prendre ; servez-vous. »

Les disques, les livres, les poufs, la vaisselle changèrent de mains. Luca observait la razzia avec froideur. Engoncé dans un pull qui lui descendait largement sous les hanches, dos au mur, bras croisés. Il n'éprouvait aucun regret à voir s'éparpiller les quelques objets qu'il possédait. Il coupait, voilà tout. Les ultimes traces de son enfance disparaissaient entre des mains étrangères, et lui pensait : Qu'elles en fassent le meilleur usage.

Lorsqu'il partit, il portait son grand manteau noir, des chaussures résistantes achetées à Londres, et une valise en croûte bouclée par des lanières. Il pleuvait sur les banlieues. La ville sentait la boue. Luca traçait une ligne fuligineuse entre un point qu'il quittait et un autre, l'école de cinéma, où il comptait rassembler les forces qui lui restaient. Ses semelles raclant le pavé des rues lui paraissaient très lourdes, et lui-même, une silhouette grise fuyant d'une gare à une station de métro, d'un métro à un train, d'un train à une nouvelle banlieue.

En 1975, Luca prépare le court métrage qui lui vaudra, quelques mois plus tard, de terminer brillamment l'école de cinéma. Il gagne sa vie comme stagiaire à la mise en scène sur le film d'un autre. Il habite une chambre située au dernier étage d'un immeuble du 11e arrondissement de Paris. Il travaille durant la journée, parfois la nuit, et, aussi souvent que possible, achève ses soirées dans une salle de cinéma. Il n'a pas d'amis. En toutes choses, il témoigne d'une impassibilité qui glace ceux qui l'approchent. Il s'est cadenassé, verrouillé, emprisonné dans une somme d'activités qui le soustraient à lui-même. Il comble les cases blanches de sa vie par le déplacement incessant de ses pièces, passant d'un cours à l'autre, d'une fille à l'autre, de salle en salle, de livre en livre.

Le 8 décembre, il a vingt-trois ans. Il rentre chez lui après avoir vu un film de Billy Wilder en noir et blanc. Il a oublié que c'était le jour de son anniversaire.

Dans la boîte, il trouve une lettre. Il observe l'enveloppe tout en montant ses six étages. Chez lui, il reste longtemps assis sur le matelas, les jambes croisées, le dos droit. Puis, très lentement, il décachette l'enveloppe, déplie la feuille qu'elle enferme et découvre les quelques mots suivis de la signature.

Le lendemain soir, il atterrit dans la ville de Pierre.

Lorsqu'il arrive, il est un peu sonné par les masses de béton, par la pauvreté et la saleté du lieu, l'herbe rase du dehors, les néons balbutiant – un monde vieux, usé, il pense : périmé.

Il patiente longtemps au contrôle, montre passeport et visa à l'officier vêtu de la toque et de la longue capote grise légendaires. Il tourne la tête, désorienté, se demandant si elle aura reçu son télégramme. Alors, il la voit. Il la voit comme la dernière fois, derrière une vitre. Elle a trouvé une place au sein d'un groupe qui lui apparaît comme un paysage, pèlerines, chapkas, grisaille encore, une foule avide et curieuse qui observe les étrangers débarquer. Et elle, vêtue de ce pull noir qu'il lui offrit à Londres. Elle, les yeux écarquillés, le front et les mains appuyés sur la paroi de verre, avec comme une incrédulité dans le regard, une sorte d'effroi. Anna, coincée comme le furent ses parents naguère, à l'attendre lui, après une si longue séparation.

Il aimerait courir vers elle mais il ne le peut pas,

retenu au dernier contrôle. Il se place à l'écart, laissant passer les voyageurs, les doigts serrés sur une rambarde métallique. Il la contemple, incapable de se défaire de cette silhouette, de ces longs cheveux noirs, de ce visage au teint mat, de cette femme qu'il a tant aimée. Il voit frémir ses lèvres, elle murmure des paroles qu'il n'entend pas, sa bouche s'entrouvre, elle arbore un sourire immense. Elle est là, oui, elle est là.

Il la perd à l'instant où il franchit le contrôle, reprend sa valise et va vers elle, oubliant qu'une vitre les sépare, qu'une vitre les séparera toujours, parce qu'en ce temps-là, à l'aéroport de Leningrad, les Russes n'avaient pas le droit d'entrer.

Il approche encore.

Ils se collent à la paroi, yeux clos, leurs mains se cherchant, se posant l'une sur l'autre. Anna ne cille pas, mais les larmes coulent doucement sur ses joues, coulent sans qu'un muscle, un nerf ou un fragment de la peau ne tressaille, et il est bouleversé par ce bonheur qu'elle ne maîtrise pas, comme si toutes les tristesses accumulées, les tristesses anciennes, l'abandonnaient maintenant qu'il est là.

Ils vont vers la sortie, face à face de chaque côté de la glace. Cette scène que Luca tournera exactement comme elle lui apparaissait : Elle, glissant, les paumes souillées par la vitre salie, le visage recouvrant peu à peu l'expression d'une joie indicible, et lui, ayant abandonné ses bagages, marchant parallèlement à elle jusqu'à la porte au-delà de laquelle ils se retrouvent enfin ; Luca portant doucement la main à sa joue, caressant la peau, suivant la tempe, descendant le long de la pommette, effleurant les lèvres tandis qu'elle embrasse ses doigts, d'abord sans le quitter des yeux, puis, paupières baissées, après s'être saisie de sa main. Et il la prend contre lui, ses bras se referment sur elle, il retrouve cette étreinte, il retrouve son parfum, il pense fugitivement : « Elle est ma famille, elle est ma seule famille. » C'est comme s'il renouait avec une partie amputée de lui-même, comme si le repos le gagnait après d'innombrables déchirures.

Ils ne parlent pas, ne s'embrassent pas, mais se serrent l'un en l'autre, se blottissent et s'étouffent. Leurs doigts s'agrippent au tissu des vêtements, il touche les cheveux, le cou, il la reconnaît. Quand ils se relâchent, c'est pour se dévisager encore, et rire, puis on les interpelle car il faut ramasser la valise de Luca, ils la prennent et s'en vont sur la route, par moins vingt degrés centigrades.

Elle dit : « J'ai beaucoup changé. Certainement, tu ne me reconnais pas. »

Elle porte autour d'elle un regard lourd, sans joie, et ajoute : « Je voulais te voir. Je voulais tant de voir ! »

Il aimerait qu'elle parle encore, que le berce sans finir cette voix rauque qui lui a tant manqué.

Ils sont dans un trolleybus, assis face à face pour se regarder. Passent le cimetière de Bolchéokhtinski, le musée de la Marine, la gare de Moscou. Ils ne se quittent pas des yeux.

Elle dit : « Tu es beau, tu es si charmant... »

Il pense que son visage s'est creusé, le teint est plus pâle, elle a appliqué du rouge sur les lèvres, mais ce rouge ne lui va plus. Elle porte une jupe en grosse laine dont les mailles s'effilochent à la taille, et des collants épais, un manteau bleu, comme un grossier caban, aux pieds, une paire de bottes qu'elle avait achetées à Paris, abîmées désormais, craquelées sur le dessus, fendues à la pointe.

Elle a perdu cette allure, cette élégance qui l'éblouissaient quand il la retrouvait après qu'ils se furent quittés pendant quelques jours. Dans son œil, parfois, glisse comme un voile, une tristesse qu'il ne lui connaît pas, un abattement, une résignation. Il veut la prendre entre ses bras, qu'elle s'apaise, qu'ils oublient – il veut le faire, et il le fait. Mais, quand elle est contre lui, après qu'elle s'est abandonnée, il sent une infime contraction, et il doit la maintenir pour qu'à nouveau elle se laisse aller, comme avant, comme au début.

Elle lui pose des questions tandis qu'il l'embrasse sur le front, sur les yeux, et, enfin, sur la bouche.

Alors ils sont ensemble, vraiment ensemble. Ses mains à lui enfermant les joues, et les siennes courant sur sa nuque, ils retrouvent d'inexprimables intelligences qu'aucune phrase, aucun geste ne traduit mieux que leurs langues, et leurs lèvres, et leurs dents. Comment ils se touchent ce faisant, quels murmures, quels soupirs leur viennent. Et comment, ensuite, peu à peu, s'embrassant toujours, ils réduisent l'espace et abolissent le temps des séparations.

Ils roulent dans ce trolleybus déglingué sur de longues et larges avenues bordées par des bâtiments qui rappellent les immeubles pauvres de la banlieue parisienne. Luca aperçoit quelques statues massives, sombres, noires, laides.

« Je me disais que peut-être tu ne m'aimerais plus, dit Anna en le regardant. Que peut-être tu m'avais oubliée. Et que lorsque tu me retrouverais, je serais une autre, je serais redevenue moi, une personne que tu ne peux pas connaître parce qu'à Paris j'étais déjà une autre. On devient la ville dans laquelle on vit. J'étais Paris et tu m'as connue à Paris, mais maintenant, c'est fini, je suis Leningrad. Je suis Leningrad, et j'ai froid comme on a toujours froid à Leningrad. »

Passent la maison du Gouverneur, l'Hôtel des Monnaies, le palais Stroganov. Elle lui prend la main et ajoute : « Cette ville est d'une très grande beauté, elle est majestueuse, elle a dimension humaine car, au centre, ses bâtiments sont bas et colorés. Mais elle est un piège. On ne peut pas en sortir. Ses poètes y sont toujours revenus, et toujours ils ont chanté sa tristesse et ses chagrins. Je suis comme eux. Je ne peux pas me passer de Leningrad, et j'y crève. »

Elle lui adresse un pâle sourire. Ils descendent vers la Néva, longent une muraille derrière laquelle Luca aperçoit un monument en ogive que surmonte, plus loin, un pic d'or.

Anna montre le bâtiment. « C'est la forteresse Pierre-et-Paul. Tous les livres en parlent. Elle fut prison politique, et l'histoire de la ville commence avec elle, le jour où les architectes posèrent la première pierre. Elle est connue dans le monde entier, des millions de touristes l'ont visitée, tous les Soviétiques savent qu'à midi, chaque jour, un de ses canons tire un coup à blanc, que durant le siège, des alpinistes ont masqué l'aiguille de la cathédrale pour la protéger des bombes allemandes, tout le monde sait cela, et aussi que Pierre Ier

y a étranglé son fils de ses propres mains, et que cent mille hommes sont morts pour la construire. Pierre-et-Paul, c'est Leningrad. »

Passent un pont, le Champ-de-Mars, les façades vert d'eau du palais d'Hiver, l'Amirauté, le cavalier d'Airain. Le trolleybus s'arrête. Ils descendent.

« Je t'emmène chez moi », dit Anna en l'aidant à prendre sa valise.

Ils marchent côte à côte. Il tient son bras enfermé dans le sien. Ils se taisent. Ils regardent Leningrad. Passent le théâtre Maly, le Musée russe, une statue de Pouchkine, main tendue, foulard au vent. Un souffle glacé court le long des ponts.

« Je voudrais que tu m'aimes encore, dit Anna. Je voudrais que tu essaies de m'aimer encore. »

Ils arrivent au bas de l'immeuble où elle habite. Ils y accèdent par une cour très large au fond de laquelle varlope un menuisier. Trois voitures sont garées en épi devant le bâtiment. Elles sont dépourvues d'essuie-glaces.

Ils gravissent un escalier monumental fait de bois et de béton. L'ascenseur est en panne. Les fenêtres des paliers n'ont pas de vitres. La peinture s'écaille sur les murs. Les ampoules ont disparu des douilles qui pendent des plafonds.

Au dernier étage, Anna s'arrête devant une porte recouverte d'un Skaï sombre. Elle se tourne vers Luca. « Je suis née ici. C'est un appartement communautaire. Il y aura une personne, peut-être deux. »

Il entre. D'abord, il découvre un couloir étroit, peint en jaune avec une bordure inférieure noire ; parquet ; murs nus, lessivés depuis peu, mais demeurent visibles trois rectangles plus clairs bordés d'une trace sombre correspondant à des cadres qui ne s'y trouvent plus.

Ils passent dans une première pièce tout en longueur, du même jaune que le couloir. Une table en chêne occupe le centre ; six chaises impeccablement alignées ; un buffet sur lequel est posé un samovar en cuivre, assez beau ; quelques gravures accrochées au mur ; au-dessus du buffet, près d'une porte, un calendrier.

La porte ouvre sur une cuisine équipée d'une gazinière datant des années cinquante ; une paillasse partiellement décarrelée ; un garde-manger. Dans un coin, près de la fenêtre, se tient un homme dont la veste se confond avec la couleur des murs. L'apercevant, Luca sursaute. L'autre ne bouge pas. Il tient une tasse à la main et dévisage le nouvel arrivant sans ciller, sans broncher.

« Viens », dit Anna.

Elle l'entraîne dans une chambre qu'il identifie aussitôt comme étant la sienne et celle de ses parents. Là, l'émotion l'étreint : s'y trouvent les poupées, les jouets, les photos d'Anna quand elle était enfant. C'est comme s'il percevait d'elle tout un pan jusqu'alors ignoré, comme si, brusquement, s'animaient sous son regard et en lui des paysages qu'elle lui avait décrits naguère sans que jamais il fût parvenu à les mettre en images. Il observe, attendri, ses secrets de petite fille : une poupée en Celluloïd posée sur une étagère, quelques livres illustrés, une paire de castagnettes démantibulées, un cerceau, une minuscule chaussure blanche à lacets qu'elle devait porter à deux ou trois ans. Le lit, dont la structure est peinte en rose, ornée de décalcomanies représentant des fleurs et des petits animaux, une table sur laquelle sont posés un sous-main avec buvard (Luca y découvre des hiéroglyphes cyrilliques, quelques courbes de dessins séchés là), des crayons de couleur, une vieille photo de Bob Dylan découpée dans un magazine. Et au-dessus du lit, à gauche de l'unique fenêtre (elle donne sur la cour), la reproduction d'un tableau de Modigliani représentant une femme aux cheveux bruns, courts, coupés net au-dessus de l'arcade sourcilière.

« C'est Anna Akhmatova », dit Anna, s'approchant.

Luca la prend dans ses bras. Elle se laisse aller contre lui et parle dans son oreille. Elle dit : « Avant, je partageais ma chambre avec les enfants de l'autre couple, et mes parents étaient dans cette pièce avec leurs amis. Quand je suis partie, mon père a rassemblé mes affaires ici, et ils sont restés seuls, avec ma mère. Celle-ci m'a raconté qu'après mon départ il cauchemardait toutes les nuits, et que pour retrouver le sommeil, il s'allongeait sur mon lit où il respirait ce qui restait de mon parfum. Il se désespérait à l'idée que les ultimes traces de sa fille disparaîtraient un jour, et quand ce jour est arrivé, longtemps après parce qu'il disposait mes foulards sur l'oreiller, l'État l'a déporté en Sibérie. Alors il a connu de nouvelles douleurs. »

Elle se dégage et tourne la clé dans la serrure.

« Qui sont les autres locataires ? demande Luca.

– Je ne les connais pas. Ils ont changé récemment, et moi j'arrive seulement.

– D'où ? »

Elle garde le silence.

Elle montre un dessin d'enfant – Luca reconnaît aussitôt le trait – et deux photos accrochées derrière la porte. L'une d'elles représente une femme, jeune encore, appuyée à la pile d'un pont. Ses yeux sont plus clairs que ceux de sa fille, elle paraît plus grande, mais le sourire est le même, l'œil aussi pétillant. Luca distingue parfaitement une tache légère sur la lèvre, comme une empreinte délicate, et il dit à Anna : « Vous avez le même regard, et cette marque...

– Toutes les filles de la famille l'ont. Ma grand-mère, ma mère, ma tante, et mon enfant l'aura aussi, si un jour j'ai un enfant... »

L'homme est assis dans un fauteuil. Sa fille est sur ses genoux. Il tient un bloc à la main, et un stylo. Il écrit. L'enfant le regarde, un doigt dans la bouche, le dos de la main gauche reposant sur sa tempe.

« Il écrivait un conte pour moi. J'avais cinq ans... C'était l'histoire d'Arthur, un petit bonhomme très malin qui bernait les grands du Komsomol. »

Le père est blond, mince, barbu. Il porte des lunettes. Anna ne lui ressemble pas.

« Et ça ? demande Luca, montrant le dessin accroché au-dessus des photos.

– Ça, répond-elle simplement, c'est Gagarine. »

Ils sont dans la cuisine. Elle prépare du thé qu'elle sert dans de minuscules tasses en grès. Elle s'assied en face de lui et le regarde tandis qu'il boit, elle le regarde par en dessous, le menton posé sur ses avant-bras repliés.

« Où sont tes parents ? » demande Luca.

Elle secoue la tête. On entend des pas dans le couloir. Une porte claque. Luca perçoit un chuchotement de l'autre côté du mur. Il pose sa tasse, tend les bras vers Anna, se couchant à demi sur la table.

« Dis-moi seulement ce que tu veux bien dire, murmure-t-il. Pas plus.

– Mon père est en Sibérie orientale. Dans un camp. Ma mère vit dans un kolkhoze proche, et elle va le voir une fois par semaine. »

Après un silence, elle ajoute : « Elle est devenue femme de ménage. »

Elle se tait. Luca attend quelques secondes avant de poser la question qu'elle attend, qu'il retient depuis le premier instant : « Et toi ? »

Elle esquisse un vague sourire. « Parle-moi, insiste-t-il doucement.

– Je ne t'ai pas oublié.

– Cela ne me suffit pas.

– Je dessine toujours.

– Je veux voir tes dessins.

– Ils ne sont pas ici.

– Où, alors ? »

Elle ne répond pas. Il se lève et s'appuie contre la fenêtre, sous le regard du menuisier qui varlope dans la cour. C'est un vieil homme. Il porte des gants de laine. Il abandonne un instant son travail pour adresser un signe à Luca.

« Où ?

– En Sibérie », répond-elle après un long silence.

Elle lui propose du thé, et il secoue la tête. Il a le cœur serré. Il comprend de quoi demain sera fait.

Une ombre passe dans la pièce voisine. Luca va vers la porte et essaie de la fermer. Mais le chambranle joue.

« Cela n'a pas d'importance, murmure Anna. Ils ne comprennent pas ce qu'on dit. »

Luca abandonne le battant. La jeune fille lui adresse un sourire résigné et ajoute : « Il faut s'habituer. »

Il reprend sa place, face à elle, et demande : « Où habites-tu ?

– Avec ma mère. »

Elle pose sa main sur la sienne.

« Moi aussi, je vois mon père chaque semaine. On essaie de ne pas y aller ensemble pour qu'il ait deux visites plutôt qu'une, mais ma mère n'obtient pas toujours les autorisations nécessaires. Je le rencontre dans la cour de promenade, derrière une grille. On ne se dit rien. On n'arrive pas à parler. On se dévisage seulement, et on se touche les mains. J'ai essayé de lui dire, pour toi, mais je n'ai pas pu. Parce que j'avais honte d'avoir vécu ce que nous avons vécu ensemble, dans cette ville si différente, la ville où ils voulaient m'envoyer, avec nos rêves et nos bonheurs. Alors je me tais. Je pense à toi. Depuis toujours, je pense à toi. »

Il lui offre les cadeaux qu'il a rapportés de Paris : un manteau court, une robe noire étroite, des bas, une paire de mocassins.

Elle le quitte pour aller s'habiller dans la chambre. Lorsqu'elle revient, elle est lumineuse. Il la découvre comme à Londres, comme à Paris. Il suffirait d'un rien pour que tout soit comme avant. Un rien : Londres ou Paris.

Ils sortent. Elle lui montre le monastère Smolny, avec sa pointe d'or surmontant la coupole blanche, et ces façades douces comme le pastel qu'elle lui avait si parfaitement décrites.

Elle dit : « J'ai cru qu'il y avait deux villes en moi et qu'elles se mêleraient l'une à l'autre. Paris et Leningrad. Mais quand j'étais avec toi, Leningrad me mordait, c'est le mot, exactement le mot, et ici, je suis orpheline de Paris.

– Rentre avec moi », lance Luca sans réfléchir.

Elle pose son index sur ses lèvres, lui intimant le silence.

« Quand je suis revenue, j'ai compris que je m'étais trompée, et que si je voulais vivre, vivre un peu, il fallait que je fasse le deuil d'un de ces deux mondes, que j'oublie. Je n'avais pas le choix. Il fallait que ce soit Paris. Parce que c'était plus facile. »

Passe la Néva. La Néva est gelée. Luca songe qu'il y a quelque chose qu'Anna ne dit pas.

« Ce ne sont pas les villes, réplique-t-il. C'est ton père, ta mère, et moi. Le passé et l'avenir. »

Mais il sait qu'au-delà de cette déchirure, il manque le troisième terme qui rendrait conciliables les oppositions. Oui, il manque un élément majeur. Mais elle ne l'exprime pas.

Ils traversent un pont qui, lui explique-t-elle, se lève la nuit, isolant le centre de Leningrad de sa périphérie. Il regarde. Ils reviennent de l'autre côté du fleuve. Passent des magasins aux étalages vides, d'autres devant lesquels les queues se sont formées.

« Tu ne peux pas tout comprendre, reprend Anna. Je suis liée à mes parents, à cette ville, au malheur de ses habitants. »

Passe la perspective Nevski, ses foules sur le trottoir, les câbles des trolleybus qui sont comme un filet tendu dans l'espace. Luca songe à toutes les questions qu'il aurait pu poser, que l'on formule inévitablement dans ces situations-là, et qui crèvent à la surface, comme des bulles sur une eau noire. Ils sont condamnés, et c'est cela qu'elle dit.

Passe la place du Palais. Luca regarde la colonne d'Alexandre et les bâtiments bas qui l'entourent. Puis ils reviennent dans la cour où le menuisier a rangé ses instruments. Ils empruntent le large escalier, ils regagnent l'appartement surchauffé, et, aussitôt, elle l'entraîne dans sa chambre d'enfant. Pour la première fois, c'est elle qui l'allonge, le déshabille, l'introduit en elle, avec une volonté qui dépasse ce qu'il sait d'elle. Mais elle plaque la main sur sa bouche pour qu'il ne gémisse pas, et elle-même s'offre et prend dans un silence absolu, troublé par des bruissements venus de plus loin, de l'autre côté de la paroi. Ils les oublient, finalement. Ils sont ensemble, même si d'autres les observent, les écoutent. Ainsi ce jour-là, cette nuit-là, le lendemain encore, et aussi le deuxième soir, deux heures avant son départ.

Ils sont dans le taxi qui le conduit à la gare. Elle porte les vêtements qu'il lui a apportés de Paris. Un peu plus tôt, accrochant les bas aux brides des jarretelles, elle a dit : « Je suis comme une femme, maintenant. »

Il demande : « Pourquoi m'as-tu fait venir ?

– Pour te voir.

– Ce n'est pas la seule raison.

– Non, dit-elle. Ce n'est pas la seule raison. »

Il y a soudain comme une déraison dans le timbre de sa voix. Quelque chose qu'il ne lui connaît pas.

Elle prend sa main et la promène sur la cuisse moulée dans la gaine du bas. Il griffe légèrement du bout des ongles, descendant vers la rotule qu'il serre dans sa paume.

Elle ajoute : « Un jour, peut-être, tu comprendras. »

Elle l'entraîne dans le pli intérieur du genou, l'oblige à remonter vers la fesse, et, brusquement, elle a envie d'autre chose. Elle dit : « J'ai envie d'autre chose. » A quoi il répond : « Fais ce que tu veux. »

Elle s'abandonne contre le dossier du siège, ouvrant légèrement les jambes. Le chauffeur, à l'avant, ne voit rien.

Elle commence de bouger, lentement d'abord. Luca déplace sa main. Elle la pose exactement où elle veut qu'elle soit. Elle se soulève. Elle respire plus vite, la bouche ouverte. Ses doigts sont crispés sur la main. Elle a tourné le visage vers la fenêtre, comme s'il lui fallait s'abstraire de la voiture, de son amant, de toute réalité, pour s'abandonner enfin à ce rôle et au désir d'une femme, d'une femme maintenant. Et lui, il se laisse envahir par un désespoir obscène, violent. Il veut la faire jouir, la voir jouir, sous sa main, sans qu'il bouge plus que nécessaire.

Il remonte la jupe, pince la chair au-dessus du bas, s'évade plus haut, un tout petit peu plus haut, jusqu'au moment où elle se défait elle-même de ses dessous, libère les jambes à angle droit, cambrée, les mocassins en appui sur les dossiers des sièges avant, la toison offerte à la lune et aux lampadaires.

Elle tourne la tête vers Luca, puis elle ouvre les yeux et murmure : « Fais-le encore, fais-le avec tes doigts. » Et, tandis qu'il les introduit en elle, d'abord un, puis deux, elle gémit, se soulève encore et imprime le rythme qu'elle désire, sa main sur celle de Luca, montant et descendant, vite, lui griffant la peau comme il fait mine de forcer sa paume pour sortir et la faire attendre encore.

Il sait ce qu'elle veut. Elle agit comme s'il fallait qu'il

se grave en elle. Comme si elle voulait garder quelque chose d'éternel de cet homme qui bientôt s'en ira. Comme si elle prenait en lui l'ultime empreinte de ce qui un jour deviendra un grand amour, un immense amour – un amour mort.

Elle l'insulte à voix basse, employant des mots crus qui lui donnent envie de la frapper, du plat de la main, sur le ventre, entre pubis et nombril.

Elle dit : « Fais arrêter le taxi et baise-moi. »

Ils sont dans les verdures gelées du Parc anglais. Brusquement, très vite, il se demande si elle l'a emmené là à dessein.

Le taxi stoppe dans une allée déserte. Elle ouvre la porte, la referme sur elle, s'éloigne dans l'ombre, se colle à un tronc d'arbre et l'attend. Il l'oblige à relever ses jupes et la pénètre debout, les jambes gainées de soie passées autour de ses hanches, avec une brutalité qui provoque la sienne, yeux écarquillés pour se regarder jouir et se le rappeler.

Deux heures plus tard, alors qu'il va monter dans le train qui le ramène à Paris, elle dit : « Un jour, peut-être, tu recevras une lettre de moi.

– Quand ? demande-t-il.

– Dans dix ans. »

La nuit est tombée lorsque le téléphone sonne dans le bureau. Luca décroche. Il reconnaît immédiatement la voix.

« J'ai l'adresse que vous cherchez... »

Il ressent comme un serrement dans l'abdomen, une morsure légère. Il s'assied.

« Elle n'est pas descendue à Poznan ou à Bruxelles. Elle est à Paris. »

Il prend un stylo et un bloc. Ses doigts tremblent légèrement sur la feuille. Pour différer d'un instant, par superstition peut-être, il demande : « D'où appelez-vous ? »

Mais l'autre élude : « Elle n'est pas dans une maison ou un hôtel. A mon avis, si vous avez pensé à elle pour le rôle de la jeune fille, vous avez frappé juste.

– Pourquoi ?

– Parce que l'adresse est celle d'un théâtre.

– Donnez-la-moi. »

Il note. Il voudrait remercier, prononcer quelques

mots aimables, mais déjà, le comédien-contrôleur a raccroché.

Luca se lève. Il appelle un taxi.

Il se rappelle.

Il est revenu à Leningrad en 1977. La famille d'Anna avait disparu : on avait réquisitionné l'appartement du dernier étage. Le menuisier varlopait toujours dans la cour. Il ne savait pas où la jeune fille était partie. Ni lui ni personne.

Il l'ignorait encore les années suivantes. La dernière fois, la menuiserie n'existait plus. Luca se fit ouvrir la porte de l'appartement. Il paya pour le visiter. Mais il n'y avait plus rien. Les murs avaient changé de couleur. On avait cassé les cloisons entre certaines pièces. D'autres personnes habitaient là, depuis longtemps. C'était en 1985. Dix ans après. L'année de la lettre d'Anna.

Elle lui arriva par un extraordinaire détour, grâce à une messagère qu'il n'avait pas revue depuis ce jour lointain où Anna et elle s'étaient croisées au seuil du *Jardin*.

Il se trouvait à New York, pour présenter son dernier film. Le matin, dans sa chambre d'hôtel, il reçut un coup de téléphone de cette amie oubliée : Isabelle. Elle était devenue interprète. Elle passait à New York et avait appris par la presse qu'il se trouvait là. Elle avait envie de le revoir. Elle avait quelque chose à lui dire.

Il l'invita à dîner.

Le soir, il l'attendit dans le hall de l'hôtel.

Il se souvenait d'une personne charmante et autoritaire, aux yeux très noirs, à la bouche pincée. Et lorsqu'elle fit son entrée dans le salon, il reconnut sans peine les quelques saillances qui n'avaient pas totalement disparu de sa mémoire. Elle était semblable en même temps qu'une autre. D'une beauté très sage, presque sereine. Vêtue d'une robe en soie blanche, portant de hauts talons vernis, les doigts manucurés, mais dardant sur lui ce regard sombre qui le perça comme s'il effaçait le temps pour se planter au cœur de ses dix-huit ans, sur le lit où il l'avait prise, dans la maison de la veuve.

Ils s'observaient de loin, muets. Il fit un pas, et elle un autre. Ils dirent : « Tu n'as pas changé », comme on ment toujours dans ces situations-là.

Ils dînèrent au champagne rose.

Elle raconta sa vie et lui la sienne.

Elle dit : « Je savais qu'on se reverrait un jour. »

Et lui : « Tu es aussi belle que par le passé. »

Elle avait trente ans à peine. Le sourire, les gestes, le propos d'une personne ayant vécu, mais, parfois, zébrant sa mémoire et ses sens, un charme d'hier, une trace de la petite fille qu'il avait connue jadis. Charmante et dure. Un regard noir, magnifique, qu'elle savait utiliser pour plaire, et des lèvres très fines, peut-être sèches.

Le lendemain matin, dans sa chambre, elle dit : « Il y a dix jours, j'accompagnais une mission à Moscou. Une femme est venue à l'ambassade. »

Luca la saisit à l'épaule. Un malaise diffus se glissa entre eux.

« Quelle femme ? souffla-t-il.

– Elle », répliqua Isabelle.

Il demeura sans réaction. Vide, les membres gourds devant le plateau de leur petit déjeuner.

« Elle, répéta Isabelle. Anna. »

Elle s'assit devant lui.

« C'est un hasard... Un incroyable hasard... Elle m'a demandé de poster une lettre, depuis Paris, et cette lettre était pour toi. C'était comme une bouteille à la mer. Je lui ai dit que je t'avais connu il y a longtemps, quand j'étais encore une adolescente. Alors elle m'a reconnue. Moi, je ne me souvenais pas. Il paraît que c'était devant la porte de la maison du *Jardin.* »

Luca approuva d'un signe. Mais cela lui était égal. Ce qu'il voulait savoir, c'était le reste.

« Vous avez parlé ?

– Oui.

– Pourquoi m'a-t-elle écrit ?

– Je ne te le dirai pas. »

La jeune femme posa sa main sur son bras et ajouta, très doucement, comme pour effacer une brutalité :

« Cela, tu le liras... C'est son secret. Elle voulait te le dire elle-même.

– Vous avez parlé longtemps ?

– Une nuit...

– Comment va-t-elle ? demanda Luca en proie à un brusque désarroi. Où habite-t-elle ? Est-ce qu'elle est seule ? »

Isabelle secoua la tête.

« Je ne te dirai rien. Elle ne voulait pas. Elle m'a fait promettre... »

Elle se leva et approcha de la porte. Son manteau était suspendu à une patère.

« Elle est en vie, et c'est cela qui compte. »

Elle décrocha le manteau. Luca se leva et vint vers elle.

« Décris-la-moi. Je veux savoir... La première fois, quand tu l'as vue...

– C'était au milieu d'une foule, à l'entrée de l'ambassade. Je l'ai remarquée parce qu'elle tenait une lettre à la main. Elle la brandissait éperdument. Il y avait une détresse incroyable dans son regard. Alors je me suis approchée. Elle m'a demandé, en russe, si je te connaissais. J'ai regardé l'enveloppe. Il y avait ton nom, mais pas d'adresse. J'ai dit que je m'en occuperais. Elle a baissé la tête. Elle est restée comme ça, les bras le long du corps, dans un très vieux manteau noir, avec d'infâmes galoches aux pieds, des gants sans bouts, et elle pleurait. »

Isabelle glissa une main dans la manche de son manteau. Luca fut incapable de l'aider.

« Elle pleurait de soulagement. Elle était comme une femme épuisée, ravagée, qui atteint sa destination après avoir souffert quelque chose de terrible... Je l'ai emmenée. Je l'ai emmenée dans un hôtel où il faisait chaud. »

Isabelle s'enveloppa dans son manteau. Luca n'avait pas bougé.

« Où est la lettre ? demanda-t-il.

– Je l'ai envoyée à ta maison de production.

– Quand ?

– Avant de venir ici. Il y a trois jours. »

Elle lui laissa son téléphone à New York. Il dit : « Je t'appellerai. »

Mais il ne le fit pas. Le lendemain, à la première heure, il prenait l'avion pour Paris.

Dans le taxi qui le conduit, il pense à la lettre d'Anna. Elle comptait cinq cents mots. De sa petite écriture ronde et minuscule, à l'encre violette, elle expliquait pourquoi, dix ans auparavant, elle l'avait fait venir à Leningrad. Elle disait aussi que le moment de l'aveu était venu.

Dix ans : c'était le temps qu'elle s'était imposé.

Ainsi se délivrait-elle de sa parole, clouant le cercueil de leur histoire, pour toujours pour toujours.

Luca règle le taxi et descend. Ce n'est pas un théâtre, mais une salle de concert. Il parlemente longtemps avant d'être autorisé à entrer dans l'enceinte. Lorsqu'il passe la porte, il reconnaît immédiatement le morceau. La manière dont elle l'interprète n'est pas étrangère au jeu de Wanda Landowska.

Un déplacement s'opère en lui. Deux images l'assaillent, l'une se superposant peu à peu à l'autre, comme un calque. Il s'arrête. Il s'appuie contre le mur, à l'ombre du dernier acte. Il aimerait avancer, mais il ne le peut pas. Crier un nom, mais il ne le connaît pas. Et puis à qui parler, et pourquoi le ferait-il ?

Il attend. Il suit le jeu des ombres, depuis le parterre jusqu'aux rangs d'orchestre. Il observe le velours des fauteuils, rangée après rangée. Il n'ose pas aller au-delà. Mais soudain, il pense qu'il pourrait la perdre de nouveau. Une fois dans le train, une fois dans cette salle de concert. Alors il va vers les premiers rangs, empruntant les bordures.

La pianiste est assise de profil. Elle joue la *Marche funèbre* de Beethoven.

Luca s'approche encore. Il s'agenouille non loin du piano. La jeune fille paraît d'une froide distinction dans son habit de scène, veste stricte et sombre, chemisier blanc, bas gris, escarpins vernis, le grand châle noir qui recouvrait ses épaules dans le wagon-restaurant. Elle joue avec une retenue impressionnante, très près du clavier, le visage oscillant légèrement de droite à gauche, le buste immobile, les doigts courant sur les notes sans que bougent les coudes, serrés contre les hanches. Elle a les yeux mi-clos. Comme elle s'apprête à attaquer le troisième mouvement, *Marcia funebre sulla morte d'un eroe*, elle porte fugitivement la main à sa nuque, rejette le visage vers l'arrière, et son coude revient à la joue.

Luca connaît chaque note, chaque inflexion de cette sonate perdue depuis longtemps, dont il a cherché le disque partout à travers le monde. Pourtant, il l'entend à peine. C'est une autre musique qui s'inscrit en lui. Un air à trois voix, dont l'une est absente. Une blanche, une noire et un soupir. A l'écart des premiers rangs, un genou à terre et l'autre frémissant légèrement sous son bras, très calme cependant, Luca regarde sa fille.

DU MÊME AUTEUR

Les Calendes grecques
Prix du Premier roman
Calmann-Lévy, 1980
Nouvelle édition Seuil, « Points Roman », n° R 555

Apolline
Stock, 1982

La Dame du Soir
Mercure de France, 1984
Nouvelle édition Seuil, « Points », n° P31

Les Adieux
Flammarion, 1987
Seuil, « Points Roman », n° R 684

Le Cimetière des fous
Flammarion, 1989
Seuil, « Points Roman », n° R 629

La Séparation
prix Renaudot
Seuil 1991
et « Points Roman », n° R 577

Le petit livre
des instruments de musique
Nouvelle édition Seuil, 1993
et « Points Virgule », n° 127

Tabac
Seuil, 1995

En collaboration avec Jean Vautrin

Les Aventures de Boro, reporter-photographe
Tome I : La Dame de Berlin
Fayard, 1987
Presses Pocket, 1989
Tome II : Le Temps des cerises
Fayard, 1991
Presses Pocket, 1992
Tome III : Les Noces de Guernica
Fayard, 1994

IMPRESSION : BUSSIÈRE CAMEDAN IMPRIMERIES
À SAINT-AMAND (CHER)
DÉPÔT LÉGAL : FÉVRIER 1996. N° 28311 (4/32)

Collection Points

DERNIERS TITRES PARUS

P40. Paroles malvenues, *par Paul Bowles*
P41. Le Grand Cahier, *par Agota Kristof*
P42. La Preuve, *par Agota Kristof*
P43. La Petite Ville où le temps s'arrêta, *par Bohumil Hrabal*
P44. Le Tunnel, *par Ernesto Sabato*
P45. La Galère : jeunes en survie, *par François Dubet*
P46. La Ville des prodiges, *par Eduardo Mendoza*
P47. Le Principe d'incertitude, *par Michel Rio*
P48. Tapie, l'homme d'affaires, *par Christophe Bouchet*
P49. L'Homme Freud, *par Lydia Flem*
P50. La Décennie Mitterrand
1. Les ruptures
par Pierre Favier et Michel Martin-Roland
P51. La Décennie Mitterrand
2. Les épreuves
par Pierre Favier et Michel Martin-Roland
P52. Dar Baroud, *par Louis Gardel*
P53. Vu de l'extérieur, *par Katherine Pancol*
P54. Les Rêves des autres, *par John Irving*
P55. Les Habits neufs de Margaret
par Alice Thomas Ellis
P56. Les Confessions de Victoria Plum, *par Anne Fine*
P57. Histoires de faire de beaux rêves, *par Kaye Gibbons*
P58. C'est la curiosité qui tue les chats, *par Lesley Glaister*
P59. Une vie bouleversée, *par Etty Hillesum*
P60. L'Air de la guerre, *par Jean Hatzfeld*
P61. Piaf, *par Pierre Duclos et Georges Martin*
P62. Lettres ouvertes, *par Jean Guitton*
P63. Trois Kilos de café, *par Manu Dibango*
en collaboration avec Danielle Rouard
P64. L'Ange aveugle, *par Tahar Ben Jelloun*
P65. La Lézarde, *par Édouard Glissant*
P66. L'Inquisiteur, *par Henri Gougaud*
P67. L'Étrusque, *par Mika Waltari*
P68. Leurs mains sont bleues, *par Paul Bowles*
P69. Contes d'amour, de folie et de mort, *par Horacio Quiroga*

P70. Le vieux qui lisait des romans d'amour, *par Luis Sepúlveda*
P71. Rumeurs, *par Jean-Noël Kapferer*
P72. Julia et Moi, *par Anita Brookner*
P73. Déportée à Ravensbruck
par Margaret Buber-Neumann
P74. Meurtre dans la cathédrale, *par T. S. Eliot*
P75. Chien de printemps, *par Patrick Modiano*
P76. Pour la plus grande gloire de Dieu, *par Morgan Sportès*
P77. La Dogaresse, *par Henri Sacchi*
P78. La Bible du hibou, *par Henri Gougaud*
P79. Les Ivresses de Madame Monro, *par Alice Thomas Ellis*
P80. Hello, Plum !, *par Pelham Grenville Wodehouse*
P81. Le Maître de Frazé, *par Herbert Lieberman*
P82. Dans la peau d'un intouchable, *par Marc Boulet*
P83. Entre le ciel et la terre, *par Le Ly Hayslip*
(avec la collaboration de Charles Jay Wurts)
P84. Sur la route des croisades, *par Jean-Claude Guillebaud*
P85. L'Homme sans postérité, *par Adalbert Stifter*
P86. Le Nez de Mazarin, *par Anny Duperey*
P87. L'Alliance, tome 1, *par James A. Michener*
P88. L'Alliance, tome 2, *par James A. Michener*
P89. Regardez-moi, *par Anita Brookner*
P90. Si par une nuit d'hiver un voyageur, *par Italo Calvino*
P91. Les Grands Cimetières sous la lune
par Georges Bernanos
P92. Salut Galarneau !, *par Jacques Godbout*
P93. La Barbare, *par Katherine Pancol*
P94. American Psycho, *par Bret Easton Ellis*
P95. Vingt Ans et des poussières, *par Didier van Cauwelaert*
P96. Un week-end dans le Michigan, *par Richard Ford*
P97. Jules et Jim, *par François Truffaut*
P98. L'Hôtel New Hampshire, *par John Irving*
P99. Liberté pour les ours !, *par John Irving*
P100. Heureux Habitants de l'Aveyron et des autres
départements français, *par Philippe Meyer*
P101. Les Égarements de Lili, *par Alice Thomas Ellis*
P102. Esquives, *par Anita Brookner*
P103. Cadavres incompatibles, *par Paul Levine*
P104. La Rose de fer, *par Brigitte Aubert*
P105. La Balade entre les tombes, *par Lawrence Block*
P106. La Villa des ombres, *par David Laing Dawson*
P107. La Traque, *par Herbert Lieberman*

P108. Meurtres à cinq mains, *par Jack Hitt avec Lawrence Block, Sarah Caudwell, Tony Hillerman, Peter Lovesey, Donald E. Westlake*
P109. Hygiène de l'assassin, *par Amélie Nothomb*
P110. L'Amant sans domicile fixe *par Carlo Fruttero et Franco Lucentini*
P111. La Femme du dimanche *par Carlo Fruttero et Franco Lucentini*
P112. L'Affaire D., *par Charles Dickens, Carlo Fruttero et Franco Lucentini*
P113. La Nuit sacrée, *par Tahar Ben Jelloun*
P114. Sky my wife ! Ciel ma femme !, *par Jean-Loup Chiflet*
P115. Liaisons étrangères, *par Alison Lurie*
P116. L'Homme rompu, *par Tahar Ben Jelloun*
P117. Le Tarbouche, *par Robert Solé*
P118. Tous les matins je me lève, *par Jean-Paul Dubois*
P119. La Côte sauvage, *par Jean-René Huguenin*
P120. Dans le huis clos des salles de bains, *par Philippe Meyer*
P121. Un mariage poids moyen, *par John Irving*
P122. L'Épopée du buveur d'eau, *par John Irving*
P123. L'Œuvre de Dieu, la Part du Diable, *par John Irving*
P124. Une prière pour Owen, *par John Irving*
P125. Un homme regarde une femme, *par Paul Fournel*
P126. Le Troisième Mensonge, *par Agota Kristof*
P127. Absinthe, *par Christophe Bataille*
P128. Le Quinconce, vol. 1, *par Charles Palliser*
P129. Le Quinconce, vol. 2, *par Charles Palliser*
P130. Comme ton père, *par Guillaume Le Touze*
P131. Naissance d'une passion, *par Michel Braudeau*
P132. Mon ami Pierrot, *par Michel Braudeau*
P133. La Rivière du sixième jour (Et au milieu coule une rivière) *par Norman Maclean*
P134. Mémoires de Melle, *par Michel Chaillou*
P135. Le Testament d'un poète juif assassiné, *par Elie Wiesel*
P136. Jésuites, 1. Les conquérants, *par Jean Lacouture*
P137. Jésuites, 2. Les revenants, *par Jean Lacouture*
P138. Soufrières, *par Daniel Maximin*
P139. Les Vacances du fantôme, *par Didier van Cauwelaert*
P140. Absolu, *par l'abbé Pierre et Albert Jacquard*
P141. En attendant la guerre, *par Claude Delarue*
P142. Trésors sanglants, *par Paul Levine*
P143. Le Livre, *par Les Nuls*

P144. Malicorne, *par Hubert Reeves*
P145. Le Boucher, *par Alina Reyes*
P146. Le Voile noir, *par Anny Duperey*
P147. Je vous écris, *par Anny Duperey*
P148. Tierra del fuego, *par Francisco Coloane*
P149. Trente Ans et des poussières, *par Jay McInerney*
P150. Jernigan, *par David Gates*
P151. Lust, *par Elfriede Jelinek*
P152. Voir ci-dessous : Amour, *par David Grossman*
P153. L'Anniversaire, *par Juan José Saer*
P154. Le Maître d'escrime, *par Arturo Pérez-Reverte*
P155. Pas de sang dans la clairière, *par L. R. Wright*
P156. Une si belle image, *par Katherine Pancol*
P157. L'Affaire Ben Barka, *par Bernard Violet*
P158. L'Orange amère, *par Didier Van Cauwelaert*
P159. Une histoire américaine, *par Jacques Godbout*
P160. Jour de silence à Tanger, *par Tahar Ben Jelloun*
P161. La Réclusion solitaire, *par Tahar Ben Jelloun*
P162. Fleurs de ruine, *par Patrick Modiano*
P163. La Mère du printemps (L'Oum-er-Bia)
par Driss Chraïbi
P164. Portrait de groupe avec dame, *par Heinrich Böll*
P165. Nécropolis, *par Herbert Lieberman*
P166. Les Soleils des indépendances, *par Ahmadou Kourouma*
P167. La Bête dans la jungle, *par Henry James*
P168. Journal d'une parisienne, *par Françoise Giroud*
P169. Ils partiront dans l'ivresse, *par Lucie Aubrac*
P170. Le Divin Enfant, *par Pascal Bruckner*
P171. Les Vigiles, *par Tahar Djaout*
P172. Philippe et les Autres, *par Cees Nooteboom*
P173. Far Tortuga, *par Peter Matthiessen*
P174. Le Dieu manchot, *par José Saramago*
P175. Molière ou la Vie de Jean-Baptiste Poquelin
par Alfred Simon
P176. Saison violente, *par Emmanuel Roblès*
P177. Lunes de fiel, *par Pascal Bruckner*
P178. Le Voyage à Paimpol, *par Dorothée Letessier*
P179. L'Aube, *par Elie Wiesel*
P180. Le Fils du pauvre, *par Mouloud Feraoun*
P181. Red Fox, *par Anthony Hyde*
P182. Enquête sous la neige, *par Michael Malone*
P183. Cœur de lièvre, *par John Updike*

P184. La Joyeuse Bande d'Atzavara
par Manuel Vázquez Montalbán
P185. Le Petit Monde de Don Camillo, *par Giovanni Guareschi*
P186. Le Temps des Italiens, *par François Maspero*
P187. Petite, *par Geneviève Brisac*
P188. La vie me fait peur, *par Jean-Paul Dubois*
P189. Quelques Minutes de bonheur absolu, *par Agnès Desarthe*
P190. La Lyre d'Orphée, *par Robertson Davies*
P191. Pourquoi lire les classiques, *par Italo Calvino*
P192. Franz Kafka ou le Cauchemar de la raison, *par Ernst Pawel*
P193. Nos médecins, *par Hervé Hamon*
P194. La Déroute des sexes, *par Denise Bombardier*
P195. Les Flamboyants, *par Patrick Grainville*
P196. La Crypte des capucins, *par Joseph Roth*
P197. Je vivrai l'amour des autres, *par Jean Cayrol*
P198. Le Crime des pères, *par Michel del Castillo*
P199. Les Cahiers de Malte Laurids Brigge,
par Rainer Maria Rilke
P200. Port-Soudan, *par Olivier Rolin*
P201. Portrait de l'artiste en jeune chien, *par Dylan Thomas*
P202. La Belle Hortense, *par Jacques Roubaud*
P203. Les Anges et les Faucons, *par Patrick Grainville*
P204. Autobiographie de Federico Sánchez
par Jorge Semprún
P205. Le Monarque égaré, *par Anne-Marie Garat*
P206. La Guérilla du Che, *par Régis Debray*
P207. Terre-Patrie, *par Edgar Morin et Anne-Brigitte Kern*
P208. L'Occupation américaine, *par Pascal Quignard*
P209. La Comédie de Terracina, *par Frédéric Vitoux*
P210. Une jeune fille, *par Dan Franck*
P211. Nativités, *par Michèle Gazier*
P212. L'Enlèvement d'Hortense, *par Jacques Roubaud*
P213. Les Secrets de Jeffrey Aspern, *par Henry James*
P214. Annam, *par Christophe Bataille*
P215. Jimi Hendrix. Vie et légende, *par Charles Shaar Murray*
P216. Docile, *par Didier Decoin*
P217. Le Dernier des Justes, *par André Schwarz-Bart*
P218. Aden Arabie, *par Paul Nizan*
P219. Dialogues des Carmélites, *par Georges Bernanos*
P220. Gaston Gallimard, *par Pierre Assouline*
P221. John l'Enfer, *par Didier Decoin*
P222. Trente Mille Jours, *par Maurice Genevoix*